KB187187

나이롱 시한부

나이롱 시한부

초판 1쇄 인쇄 | 2022년 2월 10일
초판 1쇄 발행 | 2022년 2월 25일

지은이 | 김단한
발행인 | 안유석
책임편집 | 고병찬
편집 | 하나래
디자이너 | 이정빈
일러스트 | 박정아
펴낸곳 | 처음북스
출판등록 | 2011년 1월 12일 제2011-000009호
주소 | 서울특별시 강남구 강남대로364 미왕빌딩 17층
전화 | 070-7018-8812
팩스 | 02-6280-3032
이메일 | cheombooks@cheom.net
홈페이지 | www.cheombooks.net
인스타그램 | @cheombooks
페이스북 | www.facebook.com/cheombooks
ISBN | 979-11-7022-238-5 03810

나이롱 시한부

김단한 지음

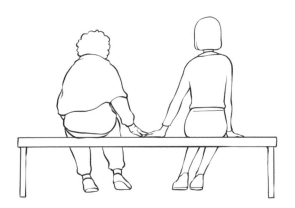

처음북스

남은 삶은 조금 더 촘촘하게

잠을 깊게 자지 못할 때가 잦았다. 일어나지 않은 일이 일어날까 두려워서였다. 이불을 턱밑까지 바짝 끌어당겨 덮고 잠에 막 빠질 때면 자주 죽음이 떠오르곤 했다. 나의 죽음에 대해서 생각한 것이 아니었다. 나는 내가 아니라 다른 것들에 드리울 죽음의 그림자를 생각했다. 그들이 떠나고 난 후 쓸쓸하게 남을 나를 걱정했다. 그런 생각들은 내가 원하지 않아도 언제 어디서든 쑥 얼굴을 들이밀어 나를 울렸다.

달콤한 잠을 고스란히 반납하며 죽음에 관해 생각했으

니 이제 죽음이 무엇인지 알겠냐 묻는다면 1초도 망설이지 않고 고개를 흔들 수 있다. 모르겠다. 언제까지 모를 예정인지도 모르겠고, 언젠가 알 수 있는 것인지도 모르겠다. 영영 모를지도 모른다. 알면 뭐가 달라질까.

　누군가의 죽음을 겪어 보지 않았을 땐, 겪어 보지 않은 만큼 두려웠다. 누군가의 부재를 겪은 후에는 겪은 만큼 두렵다. 언젠가 의연해질 수 있을까? 밤마다 생각의 심해를 휘젓고, 바닥을 들쑤셔 보아도 죽음이나 무언가의 부재에 익숙해지는 방법은 보이지 않았다. 두려움을 벗어던지고 조금 더 담담해질 방법도 마찬가지. 누군가에게 알려 달라고 애걸하고 싶지는 않다. 모르는 것은 모르는 것으로 두고 자연히 알고 싶다.

　나는 죽음과 영 상관없는 사람처럼 군다. 죽음에 대해서 매번 생각하지만, 그것이 나와 가깝다고 생각해 본 적은 한 번도 없다. 가까운 이의 죽음을 마주할 때도 그렇다. 나에게 닥쳐올 죽음에 관해선 생각지도 못하고 그저 지금의 이별을 슬퍼할 뿐이다. 언젠간 죽음과 가까워지는 날이 오겠지. 하지만, 지금의 나는 죽음이란 단어와의 어색함을 선뜻 풀어내고 싶지 않다. 가까워질 때가 온다면, 나는 그 모든 과정이 아주 자연스러웠으면 한다. 갑작스럽지도 않고, 어색하지도 않고, 너무 급하지도 않고, 부담스럽지도 않게. 딱 알맞았으면 좋겠다.

안나는 짧으면 2개월, 길면 6개월이라는 시한부의 삶을 선고를 받았다. 나는 안나에게 찾아온 죽음이 너무나 미웠지만, 어떠한 목소리도 내지 못했다. 나는 아직까지 죽음과 어색한 사이였기 때문이다. 나는 나의 소심함을 탓했지만, 안나는 그 무엇도 탓하지 않았다. 생각보다 안나는 씩씩했다.

씩씩한 안나는 어느 순간부터 자신을 '나이롱 시한부'라고 칭한다. 죽음을 가까이 두고 있는 할머니와 아직 죽음이 뭔지 모르는 손녀는 종일 대화를 나눈다. 대화에는 주제가 없다. 그저 오늘 하루 있었던 일과 앞으로 있을 일에 관해 이야기한다. 이야기에는 죽음도 심심찮게 등장하는데, 둘의 대화에 등장하는 죽음은 결코 무거운 존재가 아니다. '나이롱 시한부' 안나 덕분에 죽음은 손녀에게 더더욱 알 수 없는 존재가 된다.

안나는 남겨질 이에게 말했다. 사람은 누구나 죽는다고. 끝이 정해진 삶을 사는 것은 얼마나 매력적이냐고. 그러니, 한 번 사는 인생 촘촘히 살아야 하지 않겠냐고. 똑같이 끝이 정해져 있지만 어떤 끝인지는 본인이 하기 나름이라고. 안나는 자신에게 남은 세상의 조각을 나에게 슬며시 꺼내 보여 주곤 했다. 어떤 것은 너무 커서 시야를 다 가리고, 어떤 것은 너무 작아 자세히 보지 않으면 아무것도 없는 것처럼 보인다.

안나와의 대화는 마냥 즐겁지만은 않았다. 그래도 안나와의 대화를 멈추지 않았다. 나의 세상이 조금씩 넓어지고 있었다. 세상을 넓히는 것에는 약간의 품이 든다. 아프기도 하다. 이 책은 그에 대한 기록이다.

김단한

차례

3장 | 우리는 필연적으로 죽음을 향해 가고 있다

1장

서로 다른
시간을
걷는 일상

내 이름을 써 보는 것이
소원이다

안나가 나에게 글씨를 배우고 싶다고 이야기하기 전까지만 해도, 나는 안나가 글씨를 쓸 줄 모른다는 것을 모르고 있었다. 어렸을 적 내가 보낸 편지를 또박또박 읽고, 좋아하는 TV 프로그램에 나오는 자막을 보며 웃기도 하고, 기도문을 열심히 읽고 외우는 모습을 보았기에 더더욱 그랬다. 안나는 학교를 다니지 않아 글을 모른다고 했다. 글씨를 보고 어렴풋이 읽을 수 있는 것은 다 살아남기 위해 어쩔 수 없이 습득하게 된 무엇이라고 했다. 생존 한글 같은 느낌이랄까?

나는 안나에게 글을 가르쳐 주고 싶었다. 정확히 말하자면 직접 쓸 수 있도록 도와주고 싶었다. 하지만, 어디서부터 어떻게 시작해야 할지 도무지 감이 잡히지 않았다. 나는 누군가에게 무언가를 알려 주는 것에 재주가 없었다. 나조차도 지식이 부족한데, 내가 누굴 어떻게 가르칠 수 있겠냐는 생각이 늘 마음 한자리에 굳건히 맺혀 있었다.

이십 대 초반에 성당에서 유치부 교리교사를 맡았을 때도 나는 돌아오는 한 주간이 너무나 두려웠다. 남들은 주말을 기다리는데, 나는 일요일이 싫었다. 재잘거리는 아이들이 끊임없이 던지는 물음표에 갇혀 '여긴 어디, 나는 누구?'라고 끊임없이 읊어야 했으니 말이다. 행여 내가 뱉은 말이 아이의 성장에 있어서 엉뚱한 신념을 심어 줄까 싶어 교재에 나오지 않은 말은 절대 하지 않기도 했다. 나는 말 없는 유치부 선생님으로 딱 한 학기만 하고 바람처럼 사라졌더랬다.

그런 나라도 안나에게 글을 쓰는 법은 가르쳐 주고 싶었다. 초등학생들이 사용하는 교재를 사야 하는 것일까? 아니면 초등학교를 들어가기 전의 아이들이 사용하는 아주 기초적인 교재를 살까? 가나다라마바사부터 시작해야 하는 것 아닌가? 별별 생각을 다 했다. 이 부분에 대한 고민은 안나가 말끔히 해결해 주었다.

안나 필요한 것만 가르쳐 주면 된다.
단한 필요한 거?
안나 내 이름.
단한 할머니 이름?
안나 그래. 내 이름 쓰는 것만 알려 주면 된다. 다른 건 배워가 뭐 하겠노, 인쟈.

안나는 자신의 이름을 쓰고 싶다고 했다. 자신의 이름 석 자만 쓸 수 있으면 더 바랄 것이 없다고 했다. 홀로 동사무소에 가게 되면 제일 먼저 해야 하는 일이 이름을 말하거나 종이에 이름을 적는 일이니 그것만 할 줄 알면 좋겠다고 했다. 나의 힘으로, 나의 손으로, 직접 내 이름을 어렵지 않게 쓰는 일. 안나는 그것을 바랐다. 그것만 할 수 있다면 다른 건 바라지 않는다고 했다.

나는 그것을 곧바로 실행에 옮겼다. 나의 머릿속에는 늘 '안나와 나의 시간이 같지 않다.'라는 생각이 은은하게 맴돌고 있었다. 그랬기에, 무언가를 하는 것에 있어서 특히 그것이 안나와 연관이 있는 일이라면 망설일 필요가 없었다. 망설이는 시간도 아까웠다. 안나의 시간은 나의 시간보다 조금 더 빨랐으니까.

집에 있던 종이를 모아 나름의 교재를 만들었다. 안나의 이름, 외할아버지의 이름, 나의 이름, 동생의 이름, 엄마의 이름, 이모의 이름, 이모부의 이름, 내가 키우는 강아지의 이름, 이모가 키우는 강아지의 이름. 온갖 이름들과 함께 안나와 내가 서로에게 자주 말하는 고마워, 사랑해, 건강해 같은 단어들이 쓰였다. 안나에게 있어 꼭 필요한 단어만 적힌 맞춤 교재였다.

안나는 내가 임의로 만든 교재를 굉장히 마음에 들어 했다. 안나는 삐뚤빼뚤 크기가 맞지 않는 네모난 칸 안에 꾸역꾸역 자신의 이름을 몇 번씩 써넣었다. 처음의 도전은 의기소침했다. 획을 긋지 못하고 망설이는 모습도 보였다.

안나 쏠라하이 또 잘 안 되노.
단한 급하게 할 필요 없다, 할머니. 천천히!
안나 쓰는 방식을 잘 몰라. 뭐부터 시작해야 하노.
단한 할머니 마음대로.
안나 내 마음대로? 그럼 대반에 써뿌지.

   안나는 정해진 방식에 대해서 생각하지 말라고, 그런 건 없다고, 할머니 마음대로 하라는 말에 거침없이 이름을 써 나갔다.

안나 쓰는 방식은 몰라, 그냥 해 보는 거지.

   안나는 점점 더 힘을 얻는 듯했다. 자신의 이름이 만드는 모양을 신기해하다가도, 이름에 얽힌 무언가를 떠올리며 잠시 감상에 젖었다가도, 다시 힘차게 글씨를 썼다. 글씨는 갈수록 또박또박해졌다.
   안나는 이제 자신의 이름을 쓸 줄 안다. 그 무엇의 도움을 받지 않고도 잘 써 내려갈 수 있다. 안나가 글을 배우지 못한 이유에 관해선 자세히 물어본 적이 없다. 하지만, 으레 그렇듯 물어보지 않아도 알 수 있다. 글을 배울 틈이 없었을 것이다. 글을 배우기 전에, 살려야 할, 키워야 할 것들이 너무 많아 손이 모자라는 바람에 연필을 쥘 수 없었을 것이다. 안나에게 글씨는 너무나 무거운 것. 쉽게 써지지 않는 것. 그렇다고 모른 척할 수도 없는 것. 늘 마음에 남았던 것. 늘 아쉬웠던 것이었다.

안나는 오늘 자신의 이름 석 자를 또박또박 적음으로써 많고 많은 것 중 하나를 해냈다. 온전히 자신의 힘으로.

안나에게 부적을 써 달라고 했다. 어디서든 힘에 부칠 때마다 꺼내 볼 수 있는 부적을. 쓰는 것에 자신감이 붙은 안나가 다시 펜을 들었다. 안나는 열심히 무언가 적었다. 글씨는 아래로 내려갔다가, 다시 위로 솟았다가, 빈틈에 아무렇게나 들어가곤 했다. 완성하고 보니, 희한하게도 정말 부적의 느낌이 났다. 안나가 설명을 덧붙였다.

애할며니 살나학는 감단한 선공할 근씨다

안나   (애할며니를 짚으며) 외할머니, (살나학는 짚으며) 사
       랑하는, (감단한 짚으며) 김단한, (선공할 근씨다 짚
       으며) 성공할 것이다!
단한   (박수) 대박 부적이다! 나 이거 힘들 때마다 보면서
       힘낼게!

안나 그래야지, 그러라고 쓴 건데. 또 하나 더 쓸라니께.

안나에게 글을 알려준 후부터 그녀는 펜을 놓지 않았다.

사랑해 김담한 축해 걱감해 박안나

안나는 나를 사랑한다고 한다. 안나는 나의 모든 것을 축하한다고 한다. 안나는 나의 건강을 바란다. 안나의 글씨에는 힘이 있다. 그래서 나는 안나가 나를 사랑하는 것을 진심으로 받아들이고, 나의 모든 것을 진심으로 축하할 수 있으며, 나의 모든 것이 건강해야 한다고 느낀다. 모든 것은 안나의 글씨로부터. 자음과 모음이 멋대로고, 정확한 발음으로 쓰이지 않았어도 나에게는 그 모든 글씨들이 '원래' 맞는 것처럼, 마치 '원래' 그렇게 생긴 것처럼 자연스럽게 받아들여진다. 이것은 오로지 안나만이 쓸 수 있는 무엇이다.

펜을 들었을 안나의 마음을 생각해 본다. 안나는 펜을 무겁다고 생각했을까. 첫 시작을 하지 못해 당황했던 안나는 몇 번이나 펜을 쥐었다가 놓는 것을 반복하곤 했다. 그럼에도 불구하고 쓰고 싶은 것을 썼다. 자신이 무엇을 쓰고 싶은지, 무엇을 전달하고 싶은지 알기 때문이다. 깨달은 후부터는 거침없다. 오로지 자신만의 방식대로 글을 써 내려간다.

안나 틀린 것은 배우면 되지. 다음부터 그렇게 안 하면 되
지. 다음에 또 그렇게 했다? 그럼 그 다, 다음부터 안
하면 되는 거고. 그러면서 배워 나가는 거고, 배우면
서 많이 토라지고, 꺾이고, 무뎌지는 거고. 그러면서
거기서 또 저절로 알게 되는 것도 있고. 살면서, 계
속. 계-속.

　사는 것은 끊임없이 배우는 것. 배우면서 또 다른 것을
아는 것. 하나만 아는 것이 아니라 하나에서 파생된 여러
가지를 알고 깨우치는 것. 알고 싶지 않아도 알게 되는 것
이 있고, 그러면서 모르는 것은 더 많아지는 것. 알고 싶다
는 생각과 모른다는 생각이 공존하면서, 끊임없이 머리를
굴리는 것. 배운 것들을 고쳐야 할 때도 있고, 배운 것이
정답에 가까운 오답이었다는 것도 알고 인정하는 것.
　안나는 이제 마음이 편하다고 한다. 동사무소에 가도,
병원에 가서도 자신의 이름 석 자를 쓸 수 있으니 그걸로
되었다고 한다. 그걸로 되었다니. 이 얼마나 멋지고 차분
한 말인가.

안나와
연이

○

안나는 1936년 일본 고베에서 태어났다. 당시 무역 사업을 하셨던 아버지께서 가족들을 데리고 일본으로 가셨기 때문에 안나는 태어난 곳인 일본 고베에서 줄곧 자랐다. 안나는 따로 일본식 이름이 없었다. 다른 가족은 모두 일본식 이름을 가졌지만, 안나는 특별했다. 첫째 딸을 너무 사랑한 아버지께선 안나에게만 한국식 이름을 붙이고 그녀를 다정히 불러 주었다.

일본에서 안나는 연이었다. 연이라고 불렸다. 그녀는 일본 고베에서 유치원을 다녔는데, 매번 수업을 하던 도중 책상 밑으로 들어가는 지진 대비 연습을 했더랬다. 안나는 가끔 나와 함께 있을 때, 일본 지진에 관련된 뉴스가 나오거나 하면 잠시 생각에 잠기곤 했다. 그리고는 당시 지진 대피 연습을 했던 이야기를 들려 주었다.

안나 책상 밑에 들어가는 것이 은근히 재미있기도 했고,

무섭기도 했지. 여기에서도 충분히 그런 일이 일어날 수 있는데 왜 미리 연습을 안 하는지 몰라. 연습이 을매나 중요한데. 내가 있을 동안에는 그렇다 할 지진은 없었지만, 어쨌든 연습을 매일 하니까 그리 두렵거나 그렇진 않았지.

연이가 아홉 살이 되던 해, 한국이 해방되었다. 원래 가족들의 고향인 남해로 돌아오는 일은 순식간에 이루어졌다. 안나는 남해에 도착하자마자 당신 또래의 아이를 마주하게 된다. 안나의 가족들은 전부 좋은 옷을 골라 입은 상태였는데, 선착장에 나와 있는 아이는 코를 찔찔 흘리며 안나를 보고 있었더랬다.

안나 놀랐지. 다 내처럼 사는 줄 알았는데, 그게 아니더라고. 아무튼, 처음 한국에 와서는 많이 힘들었어. 다시 시작하기가 힘들기도 했지, 다들.

안나의 어머니는 여덟 번째 동생을 출산한 후 백일이 되기 전에 돌아가셨다. 그때부터 안나는 남매들의 엄마 역할을 해야 했는데, 그때 안나의 나이가 열아홉이었다. 안나는 한국에 와서부터는 학교를 다니지 못했다. 먹고 살기가 빠듯했기 때문이다. 학교에서 공부를 하고 싶은 마음과 돈을 벌어야 한다는 마음이 뒤죽박죽 섞인 10대를 보냈다. 동생을 업고, 동생의 손을 붙잡고, 동생을 어르고 달래느라 자신의 마음은 제대로 돌보지 못한 채, 그렇게 한글을 모르고 살았다.

안나는 스물에 부산으로 떠났다. 조금 더 돈을 많이 벌수 있다는 신발 공장에 취직을 할 수 있었기 때문이다. 안나는 그곳에서 열심히 일을 해 남해로 돈을 보냈다. 먹는 것과 입는 것을 아끼고, 잠을 아껴 가며 일을 했다. 일할수 있음에 감사하며 살았던 나날이었다. 생활력이 강한 안나는 남매들을 모두 학교에 보낼 수 있을 정도로 돈을 모았다. 소녀 가장이었던 안나는 힘든 내색 하나 없이 모든 것을 해냈다. 성인이 채 되기도 전의 일이었다.

안나 힘들다, 힘들다 생각하면 더 힘들거든. 그냥 아무 생
　　　각 없이 하는 거라.
단한 동생들 생각하면서?
안나 동생들 생각도 안 했다. 하면 더 보고 싶고, 힘들어
　　　서. 그냥 아무 생각 없이 내가 지금 이걸 해야 하니까
　　　한다, 하면서 했던 거라.

이야기를 나누는 내내 일본에서의 연이와 열아홉의 안나가 희미하게 보이는 듯했다. 그들은 지친 기색이 역력

했지만, 눈빛만큼은 초롱초롱했다. 내가 달리 무슨 말을 할 수 있을까? 어떠한 삶을 살아왔는지 감히 상상도 할 수 없는 나는 그저 안나와 연이의 손을 꼭 잡을 뿐이었다.

부산에서 안나는 외할아버지를 만났다. 두 분은 자유롭게 연애를 했고, 가정을 꾸렸다. 첫째 딸과 둘째 딸을 키우며 단란하게 살던 둘은 두 딸이 모두 출가를 하고 난 뒤 다시 둘이 되었다. 단 몇 문장으로 안나의 삶이 정리되었다. 하나의 문장마다 듣지 못한 말이, 듣고 싶은 말이 참 많다. 안나가 어떻게 살아왔는지 문장으로 보고 대충 알면서도, 대충 알고 싶은 마음이 들지 않아 궁금한 것이 많다. 문장 하나하나에 스며든, 문장 사이사이에 멈춰진 이야기들이 더 많을 것이다. 나는 안나와 그렇게 많은 이야기를 했지만, 아직도 안나를 모두 다 알진 못한다.

고 그리고
스톱

서랍 한구석에서 고스톱을 발견했다. 한 번도 가지고 놀아 보지 못한 놀잇감이었다. 예전에, 안나가 홀로 이것을 만지작거리는 것을 본 적이 있었다. 안나는 분명 좋아하리라. 아니나 다를까, 내가 그것을 들고 거실로 나가자 안나의 눈이 반짝였다.

안나 고스톱 칠 줄 아나.
단한 아니.
안나 한 번도 안 쳐 봤나.
단한 응.
안나 와 그래 재미없게 살았노.

졸지에 여태 재미없는 삶을 살아온 사람이 된 나는 안나의 지시대로 그녀의 앞에 자리를 잡고 앉았다. 우리 사이에는 두툼한 이불이 자리했다. 안나는 고스톱에 관한 규칙을 설명해 주지 않았다. 하나도 모른다는 나의 말에 안나는 괜찮으니, 하나도 모르는 채로 한번 해 보랬다. 그때, 안나의 말이 따뜻하게 느껴졌던 것은 순전히 나의 오산이었다. 나는 그저 오랜만에 고스톱을 제대로 치고 싶었던 안나의 희생양이었을 뿐이었다.

몇 시간 뒤, 나는 똥이 되었다. 정말이다. 말 그대로 똥이 되었다. 내 앞에도 분명히 몇 장의 화투가 있지만, 겹겹이 쌓여 널따랗게 자리를 차지하고 있는 안나의 것에 비하면 아무것도 아니었다. 안나는 신이 나서 점수를 헤아렸다. 점수는 쑥쑥 올라갔다.

단한 아니, 잠시만. 내가 모른다고 이거 너무 이렇게 막 하
      는 거 아니야?
안나 아이다. 원래 이렇게 하는 거다.
단한 원래 이렇게 하는 게 어디 있어! 똑같은 그림만 맞추
      면 된다며!
안나 그래, 똑같은 그림을 맞추면 되는데, 요령껏 해야지.
단한 나는 요령이 없었나.
안나 응, 니는 요령이 없더라. 그냥 똑같은 그림만 보면 고
      마 좋아가지고 다 올려뿌고. 그렇게 되면은 상대방
      좋으라고 하는 것밖에 안 된다니까. 잘 보고 해야지.

억울했다. 진 것도 억울한데, 이렇게나 뼈를 때리는 말이라니. 나는 한참을 고민하다 어차피 잃을 것도 없으니 다시 한번 더 게임을 진행하자고 말했다. 나의 말에 안나는 어깨를 으쓱이며 말했다.

안나 이러이, 도박하는 사람들이 못 끊는 거야. 다음에는
      꼭 이길 수 있을 것 같거든.
단한 혹시 아나! 내가 이길지!
안나 하이고, 참. 해 보자.

그랬다. 안나의 말은 사실이었다. 나는 내가 꼭 이길 수 있을 것 같다는 생각이 들어 게임을 다시 시작했다. 아무것도 모르는 누군가가 그 게임의 룰을 정확하게 꿰뚫고 있는 누군가를 기지로, 의지로, 노력으로, 자신감으로, 단번에 이긴다는 것은 우리가 흔히 볼 수 있는 어느 영화의 스토리가 아닌가? 그런데 나는 영화 속 주인공이 아니고, 우리는 영화 속 세상에서 사는 것이 아니니 나는 다시 한번 더 똥이 될 수밖에 없었다.

안나 또 똥이네.

안나는 호탕하게도 웃었다. 같은 그림만 가지고 가면

된다더니. 나는 똥을 싸고, 피까지 주며 안나에게 그야말로 탈탈 털렸다. 똑같은 그림이 있어 기분 좋은 마음에 척 내고, 쌓인 화투 중 제일 위에 있는 것을 뒤집어 보았더니 또 같은 그림이었다. 그것을 다 가지고 갈 수 있는 줄 알았더니, 안 된단다. 규칙이 그렇단다. 못 가져간단다. '그런 게 어디 있어!'라고 말하는 동시에 안나에게서 같은 그림이 나왔다. 안나는 나의 똥과 자신의 똥을 싹싹 긁어 부자가 되었다. 나의 피도 가져갔다. 허무한 고스톱이었다. 고(Go)와 스톱(Stop)을 외쳐야 하는 상황에 있어서 안나는 가끔 고(Go)를 하다가 스톱(Stop)하곤 했다. 그런 안나를 보며, 나는 그것을 외쳐야 하는 상황이 오면 무조건 앞뒤를 가리지 않고.

단한 인생은 한 번뿐! 고오오오오오!

　외치곤 장렬히 전사했다. 정말 인생은 한 번뿐이었다. 그것은 고스톱에서나 현실에서나 마찬가지였다. 안나는 나에게 말했다.

안나 가거나 멈추는 것도 잘 선택하고 해야지. 무조건 고
　　오오오 하니까 죽지, 이눔아야.

고스톱에도 다 인생이 있는 건데, 고스톱 하는 꼴을 보니 우리 단한이 이 삭막한 세상 어떻게 살아가나 싶다, 라는 푸념이 머리 위에서 들려왔다. 나는 방바닥을 기다시피 다니며 패배의 아픔을 고스란히 누렸다. 나는 안나가 더는 웃지 않을 때까지 오래오래 그러고 있었다. 패배는 중요하지 않았다. 안나가 웃는 것이 더 중요했다.

나는 안나에게 아주 처참히 당했기 때문에 그 이후로도 고스톱을 배우지 않았다. 고스톱을 배워서 안나와 다시 한번 대적할 마음은 추호도 없었다. 첫 번째 이유는, 안나는 너무 고수다. 상황을 적절하게 판단하여 자신이 무엇을 해야 할 것인지를 정확하게 알고 있다. 고로, 내가 아무리 노력해도 그녀를 이길 수 없다. 두 번째 이유는, 처참히 진 내가 바닥을 뒹굴며 좌절하는 모습을 보며 깔깔거리며 웃는 안나의 모습을 더 보고 싶기 때문이다. 이러한 이유로 나는 고스톱을 배우지 않을 것이다. 안나의 앞에서는 언제나 똥이 되어도 괜찮으니.

살 만큼 살았다는 건
누가 정하나요?

○

안나와의 전화는 '오늘이 무슨 요일이냐.'라는 물음으로 부터 시작한다. 내가 요일을 알려 주면 안나는 벌써 시간이 그렇게 됐냐고 답을 한다. 그러면서 덧붙인다.

안나 늙응께, 시간 감각이 없어. 무슨 요일인지도 모르겠고. 날씨도 야리꾸리하고. 그러면서, 시간은 또 잘만 가고. 돌아서면 아침이고 돌아서면 저녁이고……. 누가 내보고 뭐 하라 카는 것도 아닌데, 뭐 시키는 것도 아니고. 그러니 마음이 바쁘지 않아도 되는데, 괜히 마음이 그래. 지금도 고마 저녁이라. 주말이고.

단한 나도 시간 감각 없어, 할머니. 나도 요일 모르고 살아. 나도 자주 깜빡깜빡해. 늙었나 봐.

안나 ……인쟈 니가 몇 살이고?

단한 인쟈 서른셋.

안나 하이고야. 애기다! 내 앞에서 못 하는 소리가 없다!

우리는 한바탕 웃는다. 나는 안나의 웃음을 따라 웃는다. 안나의 웃음은 크고 호탕하다. 들으면 따라 웃지 않을 수 없는 웃음이다.

안나와 나의 대화는 스펙트럼이 굉장히 좁다. 오늘 했던 일, 있었던 일, 갑자기 생각난 일에 관해 이야기하는 것이 전부다. 안나와 나는 집 밖을 나서지 않는 사람들이라 늘 매번 하는 것과 갑자기 생각난 것이 날마다 비슷하다. 매번 같은 이야기를 반복하는 가운데, 제일 많이 등장하는 단어는 건강이다. 건강이 제일 중요하다고, 돈보다 더 중요하다고, 건강이 없으면 돈이 무슨 소용이냐고, 그러니 무조건 건강해야 한다고, 그래야 뭐든 할 수 있다고 꾹꾹 눌러 말한다.

안나 어디 내만 안 죽을 수 있나. 사람들은 다 죽는다. 나
       도 사람이니, 죽는 거다.
단한 안 죽을 순 없지. 그래도, 오래 살면 좋잖아. 오래 살
       려는 생각은 갖고 있어야 해……. 알았지, 할머니?

죽지 않을 수 있는 방법은 없다. 죽음은 지극히 자연스러운 무엇이니 그것을 받아들이는 것은 당연하다. 죽지 않을 수 있는 방법은 없고, 죽음은 지극히 자연스러운 무엇이니 그것을 받아들이는 것은 당연하지만 되도록 조금

더 오래 사셨으면 좋겠다는 말을 나는 안나와 전화를 하면서 끊임없이, 끊임없이 되풀이한다. 안나는 말한다.

안나 그럼, 그럼. 내가 니 때문이라도 오래 살아야지.

그럼 나는 별안간 무서워진다. 안나가 조금 더 살아야겠다는 생각을 할 수 있게 만드는 존재가 된 것이 기쁘면서도 슬프기 때문이다.

나의 할머니 안나. 안나는 할머니의 세례명이다. 안나는 오랜 시간 성당을 다녔지만, 지금은 거동이 불편해져 사는 곳 가까이에 성당이 새로 생겼음에도 불구하고 한 번도 가 보질 못했다. 안나는 여든셋. 그녀는 누구보다 씩씩하지만, 은근히 겁이 많다. 안나는 손녀와 두 시간씩 전화를 할 만큼 수다쟁이에, 못 하는 말이 없으며, 도롯도(안나는 트로트를 도롯도라고 부른다.)를 좋아한다. 안나는 청소와 음식을 잘한다. 안나는 얼마 전에야 겨우 자신의 이름을 쓸 수 있게 되었고, 쓸 수 있다는 것을 안 후부터는 당신의 이름을 쓰지 않았다. 안나는 전적으로 나의 편이며, 나도 어김없이 안나의 편이다.

안나는 얼마 전 주치의로부터 빠르면 2개월, 늦으면 6개월이라는 삶의 마지막 안내장을 받았다. 안나는 배에 복수가 차오를 때마다 숨을 편안하게 내쉬기 힘들어 한다. 안나는 자주 마른기침을 한다. 안나는 자신을 찾아오는 모든 이들에게 줄곧 '씩씩하게 살아라.'라는 말을 건넨다. 안나는 빠르게 말라 가고 있다.

그럼에도 불구하고, 안나는 나와 오랫동안 통화를 한다. 씩씩한 목소리로. 오후 여덟 시 반. 안나는 병원에서 저녁을 먹고, 나는 집에서 저녁을 먹는다. 식사가 끝나고 난 후의 애매한 시간을 우리는 수다로 채운다. 오늘도 같은 말을 한다. 재미없는 말을 한다. 그러면서 실없이 웃는다. 건강을 당부한다. 서로 먹는 약을 걱정한다.

전화를 끊고 나면 나는 고요해진다. 숨어 있던 생각들이 몰아쳐 잠시 일시정지 상태가 된다. 시간 맞춰 약을 먹는 것처럼 안나의 전화가 걸려 오는 시간은 늘 같다. 언젠가, 정말 언젠가, 더는 전화가 걸려 오지 않는 날이 올지도 모른다. 그런 날이 올지도 모른다는 건, 그런 날이 올 것을 안다는 것과 같다. 그때가 되면 나에게 여덟 시 반은 정말이지, 더더욱 애매한 시간이 되리라. 어떤 날은 그 시간이 너무 공허하게 느껴져 왕왕 울지 않을까. 어떤 날은 살아 내느라 정신이 없어 그냥 지나칠지도 모른다. 또 어떤 날은 하늘에서 수화기가 내려오는 상상이나 하늘 전화국에 전화를 걸어 '안나 할머니 좀 바꿔 주세요. 아, 뛰어노시느라 바쁘신가요? 알겠습니다, 전화 왔었다고 전해 주세요!'라고 말하는 상상을 하며 억지로 시간을 보낼 수도 있겠다.

나는 죽음을 두려워하고, 안나는 죽음을 두려워하지 않는 척한다. 나는 안나가 나에게 자꾸만 유언과 같은 말을 남기는 것이 싫다. 나는 안나가 자꾸만 나에게 열심히 살라고, 분명 너는 성공할 것이라고, 씩씩하니까 뭐든 잘할 수 있을 것이라고, 용기를 잃지 말라고 말하는 것이 싫다.

　나는 안나가 자주 자신은 이제 살 만큼 살았다고 말하는 것이 싫다. 갈 곳이 정해진 것처럼 구는 것이 싫다. 그냥 하는 말일 텐데도 안나가 하는 모든 말을 무겁게 받아들이는 나도 싫다. 살 만큼 살았다는 건 대체 뭘까? 살 만큼 살았다는 건 누가 정하는 것일까? 나는 안나가 그런 말을 할 때마다 이렇게 말한다.

단한　무슨 소리 하는 거야. 내가 성공하는 것까지는 봐야지.
안나　그래, 그건 봐야지.
단한　내가 성공하면 제일 먼저 할머니 하고 싶은 거 다 해드리고, 호강시켜 드릴 건데. 그거 누려야지!
안나　그래, 니 성공할 때까지만 살아야지. 그거 보고 죽어야지.
단한　내 성공할 때까지만 산다고? 그럼 성공 안 해야겠다.
안나　뭐시?
단한　성공 안 한다고! 나 성공할 때까지만 산다며! 그럼 성공 안 해! 안 해!

내가 부리는 억지는 죽음을 늦추는 것에 아무런 도움이 되지 않는다. 그래도 나는 끊임없이 소리치고 싶다. 뜬금없는 발악에 다가오는 죽음이 깜짝 놀라 주춤거릴 수 있도록. 그렇지만, 절대 피할 수 없다는 것을 알기에 나는 또 금세 의기소침해진다. 마음이 조급해지고, 무엇을 할 수 있을까 생각하다 무너지고, 멍해진다.

나는 죽음이 싫고, 안나는 죽음과 친한 것처럼 행동한다. 나는 이제 막 새로 전학 온 친구와 내 오랜 단짝이 나를 빼놓고 둘이서만 노는 모습을 실시간으로 지켜보는 것 같은 느낌을 받는다. 나는 새로 전학 온 친구와 친해지고 싶은 마음이 없고, 그저 내 오랜 단짝이랑 매점이나 가고 싶다. 내 오랜 단짝이 전학생과 친해지지 않았으면 한다. 하지만, 전학생은 마음만 먹으면 누구와도 친해질 수 있는 능력이 있었다. 나도 곧 그와 친해질지도 모른다. 하지만, 그는 내게 관심이 없다. 아직까지는. 그의 관심은 오로지 내 단짝에게 있다. 그렇다면. 그럴 거라면. 나는 아무쪼록, 그가 나의 오랜 단짝을 힘들게만 하지 않았으면 좋겠다. 그가 나의 단짝을 편하게 대해 주었으면 좋겠다. 그럴 수 있다면, 그렇다면, 나는 묵묵히 둘의 모습을 지켜볼 수 있다.

깜장 뉴그랜저를 탄
할머니

　안나와 나의 대화는 대부분 '그거 기억 나나!'라는 말로 끊임없이 이어진다. 마치 게임을 하는 것 같다. 한 사람이 떠오른 뭔가를 이야기하면, 그 이야기에 맞춰 떠오른 또 다른 이야기를 다른 사람이 이어가는 형식의 게임. 둘의 기억은 같을 때도 있고, 완전히 다를 때도 있다. 이야기를 하다 보면 아예 한 사람은 기억하지 못하는 순간도 있다. 나야 너무 어렸을 때라 안나가 말하는 어린 나의 '여우같음'을 모르는 게 당연하다 해도, 안나는 나의 기억의 모든 순간에 등장했으면서도 종종 어떤 일은 잊곤 했다. 그래도 나는 그것이 전혀 서운하지 않았다.

　안나와 내가 공통적으로 기억하는 이야기는 내가 초등학생 때 일어난 일이다. 바야흐로 천방지축 아홉 살. 남동생이 태어난 해였다. 나는 엄마가 동생을 품었을 때를 기억하지 못한다. 어떤 기억은 자기들끼리 붙은 책장과 같다. 그것은 딱 붙은 하나의 기억 덩어리가 된다. 나는 동생이 생겼다는 것을 엄마에게 전해 들었던 것만 기억한다. 그 때 내가 어떻게 반응했는지는 기억나지 않는다. 전해 들은 것으론 두 손으로 입을 틀어막고 좋아했단다. 나의 기억이 닿지 않는 어느 구간을 지나 시간이 훌쩍 흘러 동생은 건강히 태어났다. 어디선가 뿅 하고 나타난 것처럼.

　나는 동생이 밉지 않았다. 그저 앓아누웠을 뿐이다. 나는 동생이 태어나면서부터 엄마를 너무 아프게 했다고 생각했다. 나는 엄마가 아파하는 소리를 듣고는 며칠을 앓아누웠다. 병실 침대에 누워 있는 엄마 옆을 기어코 비집고 누워 덩달아 몸조리를 했던 기억이 난다. 그리고는 또 몇 장의 붉은 책장이 그냥 넘겨진다. 다음의 기억은 집이다. 엄마가 집으로 돌아왔다. 엄마의 품에는 아주 작은 아이가 있다. 그렇게 동생이 생겼고, 나는 누나가 됐다. 엄마와 아빠는 동생을 조심스레 안방으로 데려간다. 외할아버지와 외할머니도 함께. 나는 단란한 가족의 모습을 멀찍이 떨어져서 보고 있다. 거실에 가만히 서서 보고 있는 것이다.

단한　그때 내가 어떻게 했었는지 할머니는 기억하제.

안나　기억하지.

단한　그때, 진짜! 동생이 미운 건 아니었거든! 근데…… 그
　　　냥 좀 기분이 이상했다고 해야 하나? 뭐라고 해야 하
　　　지? 저기 안방 침대는 맨날 나랑 엄마랑 아빠만 누웠

던 곳인데, 저기 왜 아기가 있지? 왜 갑자기 나는 밀
려났지? 왜 나를 신경 쓰지 않지? 막 그런 생각이 들
더라고!

안나 당연히 그런 생각이 들지.

　안나는 나와 전화할 때 '당연히!'라는 말을 많이 쓴다.
주로 내가 어떤 생각을 했는데, 이 생각이 왜 들었는지 모
르겠지만, 아무튼 그랬다, 힘들었다, 슬펐다, 등의 말을 할
때 붙인다. 안나가 당연히 그럴 수밖에 없다고 말해 주면
나는 당연히 그럴 수밖에 없는 사람이 되어 마음의 짐을
덜어 낸다. 안나라서 할 수 있는 말이라고 생각한다.

단한 아무도 내한테 관심이 없는 것 같아서. 내가 방방 뛰
면서 막, 땀을 막, 낸 다음에! 거실에 드러누워서 소
리 질렀잖아. 나도 아프다! 나 봐 줘! 아프다!

안나 그래! 기억 난다.

단한 근데 그때 할머니만 딱 나한테 와 줬잖아. 단한이 아
프단다! 하면서……. 다 기억해.

안나 그래, 그 어린 것이 갑자기 얼마나 지 딴에는 띵했겠
노. 첫 손녀라서 몇 년 동안 양쪽 집안 사랑, 뭐 즈그
엄마 아빠 사랑 혼자 다 받다가 갑자기 동생이라고
하나 띡 태어났는데, 아무도 지는 신경 안 쓰고 거기

몰려 있으니까 얼마나 그랬겠노. 맴이.

단한   역시, 이해해 주는 건 할무이밖에 없다!

안나   내삐없지!

　그랬다. 그 어린 마음. 나도 잘 모르겠어서, 괜히 더 혼란스럽고 더 짜증이 나는 그 마음을 '당연히 안다.'라고 말해 주는 사람은 안나뿐이었다. 우리는 이 이야기를 자주 한다. 그때의 혼란스러움에 대해, 그때의 짜증에 대해, 그때의 이해에 대해.

　안나는 그 이후로 우리 집에 더 자주, 더 많이 왔다. 당시 외할아버지께서는 검은색 뉴그랜저 자동차를 가지고 계셨다. 아파트 주차장에 차가 들어서면 많은 사람의 시선이 집중되었다. 반짝반짝 닦아 놓아 과할 정도로 빛나는 깜장 그랜저의 문을 열고 외할머니와 외할아버지가 등장하면 어떤 사람들은 길을 멈추고 그들을 바라보았다. 지나가는 사람들의 발걸음을 멈추게 할 정도로 두 분의 패션 센스는 상당했다. 외할아버지는 늘 정장을 입고 오셨고, 외할머니는 강렬한 호피 원피스를 입으셨는데 두 분 모두 까만 선글라스를 커플로 장착한 탓에 아우라가 장난이 아니었던 것으로 기억한다.

　나와 아빠는 차가 도착하기를 기다렸다가 차가 멈춤과 동시에 달려가 두 분을 맞이하곤 했다. 우리가 나와 있는 이유는 분명했다. 마중도 마중이지만, 트렁크에 왕창 실린 음식과 선물을 꺼내 날라야 했기 때문이다. 외할아버지와 외할머니는 빈손으로 우리 집에 오시는 법이 없었다. 두 분은 늘 무언가를 가득 싣고 오셨고, 그것을 들고 나르는 것을 몇 번이나 반복해야 겨우 집으로 들어갈 수 있었다.

트렁크를 채운 것은 대부분 음식이었다. 안나는 직접 만든 반찬을 자주 가져다 주셨다. 나는 그중에서도 잡채를 좋아했다. 아직도 잡채를 좋아하지만, 당시 안나가 만들어 준 것과 같은 맛이 나는 잡채는 아직까지 맛보지 못했다. 안나가 만들어 주는 잡채는 맛이 짜면서도 달았다. 내 입맛에 딱 맞았다. 질리는 법이 없었다. 그리고 갖가지의 변형이 가능했다. '할머니, 다음에는 어묵 많이!'라고 말하면 어묵과 당면이 5:5로 담겨 오고, '할머니, 다음에는 당근 많이!'라고 이야기하면 주황색 잡채가 도착하곤 했다.

안나 그래서 니가 준 편지 아직도 내가 고이 모셔났잖아.
단한 내가 준 편지?
안나 그래, 니가 뭐 콤퓨타 시간에 써서 집으로 보냈던 거 있다. 나중에 보러 온나.
단한 거기에 뭐라고 써 있는데?
안나 부자 만들어 줘서 고맙다고.

나는 며칠 후, 안나의 집으로 찾아갔다. 좁은 스펙트럼의 이야기를 몇 마디 나눈 후, 우리는 함께 그 편지를 읽었다. 편지는 2001년의 내가 안나와 외할아버지께 보낸 것이었다.

to. 사랑하는 외할머니 외할아버지….

외할아버지 외할머니 안녕하세요? 저는 외할아버지와 외할머니의 사랑스런 손녀, 손자 단한이와 도일이에요. 저는 외할아버지와 외할머니가 무척이나 좋아요. 왜냐하면 외할아버지와 외할머니가 다녀가시면 우리 집 냉장고는 부자가 되고, 저희도 부자가 되니까요. 그 이유만으로 좋아한다는 이유가 아니고 저희들을 무척이나 사랑해 주셔서 정말 기뻐요. 그리고 이쁜 옷과 도일이의 장난감을 사 주셔서 감사합니다. 도일이도 외할아버지와 외할머니를 "마이 사랑한대요." 그리고 외할아버지 외할머니 몸조심하시고 건강하게 오래오래 사세요.

그럼 전 이만….

2001년 2월 25일 일요일
외할머니와 외할아버지의 손녀, 손자 드림

안나 을매나 착하노.

단한 맞아, 착했네. 근데, 할머니 그거 아나. 여기에 보면
처음에는 '사랑하는 외할머니 외할아버지'라고 적어
놓고, 다음에 인사할 때는 '외할아버지 외할머니 안
녕하세요'라고 해 놨잖아.

안나 응.

단한 왜 그렇게 썼는지 아나. 나 맨날 편지 쓸 때마다 외할
머니를 먼저 쓰고 그다음에 외할아버지를 적곤 했거
든. 무슨 이유랄 건 없었고, 그냥 자연스럽게 그렇게
적었는데! 근데, 외할아버지가 삐진 거야! 갑자기 내
한테, '니는 왜 맨날 외할머니를 먼저 쓰노.'라고 하시
대. 그래서 그때부터 그거 생각해 가지고, 번갈아가
면서 쓴 거야. 초딩이.

안나 하이고, 너거 할아버지도 참 별걸 다 지랄······.

단한 욕 노노! 그리고 도일이(남동생)는 어렸잖아. 그래서
얘는 편지 쓸 줄도 모르고, 그때 네 살밖에 안 됐는데
내가 그냥 편지에 끼워 준 거야.

안나 그래, 니가 어렸을 때부터 니 동생 하나는 기가 맥히
게 잘 챙깄다. 니가 다 키았지.

단한 역시 어렸을 때나 지금이나 내 생각해 주는 건 할무
이밖에 없네!

안나는 맞장구치며 웃는다. 나는 안나를 따라 웃으며 꼬깃꼬깃, 이제는 너무 오랜 시간이 지나 접힌 부분이 찢어질 듯 간당간당한 편지를 내려다본다.

썼다는 것조차 잊고 있었던 편지다. 쓴 사람은 오래전에 잊었는데, 받은 사람은 이렇게나 고이 간직하고 있었다. 안나만 잊는 줄 알았는데, 나도 잊고 사는 것이 많다. 이상하리만치 그게 위로가 됐다.

니가 왜
거기서 나와?

○

안나의 집에 가기 위해서는 버스를 세 번이나 갈아타야
했다. 말이 세 번이지, 버스 환승 시간을 제대로 맞추지 않
으면 큰 낭패를 볼 수 있었다. 왕복만 해도 한나절이 지났
다. 그래도 시간이 나면 안나의 집으로 향하곤 했다. 볼 수
있을 때 조금이라도 더 보고 싶은 마음이 한나절이란 긴
이동 시간을 이긴 셈이었다. 물론, 안나에게는 말을 하지
않고 가는 깜짝 방문이었다.

나는 안나가 좋아하는 찰나의 모습을 보려고 버스에 오
른다. 세상 사람들은 다 모르는 비밀을 혼자만 알고 있는
이 기분은 꽤 쏠쏠하다. 나는 버스에서 항상 제일 뒷자리
오른편에 앉는다. 기존 좌석보다 조금 더 높은 좌석은 은
근한 안정감을 주곤 한다. 어느 정도 일을 마무리하고 안
나의 집으로 향할 때면 해가 지기 시작한다. 창밖으로 붉
게 펼쳐지는 노을과 듣고 있는 노래의 합이 잘 맞으면, 나
는 얼른 안나에게로 닿고 싶어 슬쩍 발을 구르곤 했다.

꽃다발이나 안나가 좋아하는 단호박죽, 팥죽을 들고 갈 때도 있었다. 안나는 유난히 꽃을 좋아했다. 꽃다발을 들고 가면, 온 집 안에 꽃향기가 난다며 함박웃음을 지었다. 바로 그런 순간을 눈에 담기 위해 나는 고질병이라 볼 수 있는 멀미를 무릅쓰고 안나가 있는 곳으로 향하는 것이었다.

단한 할무이, 뭐 하고 있어?
안나 그냥 있지.
단한 집에 있어?
안나 집이지. 와 물어보노?
단한 그냥, 날씨가 좋아서 전화했어!
안나 난 니 목소리 듣는 기 더 좋다!

안나의 위치를 파악하는 것은 어렵지 않다. 안나는 거동이 불편해 홀로 움직이기가 어렵다. 외할아버지께서 돌아가신 이후로는 더더욱 어딘가를 가기가 불편해졌다. 병원을 가야 하는 날에는 엄마나 내가 동행했다. 안나는 우스갯소리로 자신의 집을 창살 없는 감옥이라 칭하곤 했는데, 나는 세상에서 그 농담을 제일 싫어했다.

무릎에 올려놓은 꽃다발이 흔들렸다. 뒷좌석은 매력이 있는 만큼 자주 흔들리는 편이기 때문에 꽃이 떨어지지 않게 하려면 온갖 신경을 다 써야 한다. 버스는 계속 달리고 있다. 안나의 집은 끝없이 펼쳐진 논밭을 지나고, 익숙한 시내를 지나고, 비행기가 착륙하는 공항을 지나고도 한참 들어가야 한다. 버스는 공항에 닿기 전에 한 번, 공항에 도착해서 한 번 더 갈아타야 한다. 공항에서 버스를 타고 조금 더 안쪽으로 들어가다 보면 그곳을 오래 지킨 여러 아파트가 보인다. 나는 그제야 조금 안심한다. 익숙한 풍경이기 때문이다. 혼자 몇 번을 갔어도, 아직도 길을 찾아가는 것은 약간 두렵다.

안나의 집은 버스에서 내린 후에도 조금 더 걸어야 한다. 안나의 집으로 향하는 길에는 초등학교가 하나 있다. 아이들은 소리를 지르며 공을 차고 논다. 정글짐이나 그네에 매달린 아이들도 있다. 학교 반대편으로는 규모가 큰 어린이집이 있다. 아직 부모님이 오지 않은 아이들이 모래를 가지고 놀다가 선생님께 크게 혼이 난다. 나는 그 모든 모습을 눈에 담으며 씩씩하게 안나에게로 향한다. 안나는 지금쯤 무엇을 하고 있을까. 공을 차거나, 모래를 만지고 놀고 있지는 않을 것이다. 나는 은근한 기대감으로 입꼬리가 슬쩍 올라간다. 내가 깜짝 등장함으로 인해서 안나의 잘 갖춰진 일상생활이 흐트러질 것을 생각하면 묘하게 신이 났다.

단한 어딘교.

안나 집이라 안 캤는교.

단한 그럼 문 좀 열어 보소.

안나 ……야가 뭐라카노.

부산스러운 소리가 철문을 뚫고 들려온다. 나는 소리만 듣고도 안나의 모습을 그릴 수 있다. 안나는 매일 앉아 있는 자리에서 천천히 일어났을 것이다. 그리고는 야가 미쳤나를 반복하며 아주 천천히 현관으로 걸어 나올 것이다. 현관 앞에 있는 중문을 먼저 연다. 딸깍. 다음으로는 현관으로 와서 아주아주 천천히 잠금장치를 향해 손을 뻗는다. 잠금장치를 풀고 문을 열면, 기다리던 손녀의 달띠(달덩이) 같은 얼굴이 기다리고 있다. '할머니!'라고 외치는 손녀의 활기찬 부름에도 안나는 기가 막힌다는 표정만 짓고 있을 뿐이다. 안나의 표정에 지금 막 자막을 단다면 니가 왜 거기서 나와 정도가 딱 알맞겠다.

안나는 한동안 무릎을 짚은 채 웃는다. 허리를 잔뜩 숙이고 무릎을 짚은 채 웃는 안나의 모습은 동그란 공벌레의 모습을 떠올리게 만든다. 마침, 입고 있던 푸른색 조끼가 두툼해서 더 그렇게 보인다. 나는 안나가 일어날 때까지 기다리며 함께 웃는다. 항상 성공하는 이 어설픈, 그리 공들이지 않아도 성공도가 100%인 이 순간이 너무나도 재미있는 탓에 웃음은 멈출 생각이 없다. 나는 안나의 팔을 잡고 천천히 집 안으로 들어선다.

단한 할무이, 또 도롯도 보고 있었나.
안나 그래, 마침 아까 니가 왜 거기서 나와 니가 왜 거기서
      나와 카는 기 나와서 신나게 따라 부르고 있었는데
      진짜 니가 왜 거기서 나오노.

  안나와 나는 한바탕 더 크게 웃는다. 나를 맞이하는 안나
는 아프지 않은 사람처럼 보인다. 안나는 호탕하게도 웃는
다. 갑자기 찾아온 내가 좋아서 웃고, 같이 저녁 한 그릇을
먹을 수 있다는 사실이 기뻐 웃는다. 야가 왜 갑자기 와서
정신없게 만드노, 하면서도 입에 어린 미소는 열어질 생각
이 없다. 준비한 꽃다발을 품에 안아 든 안나는 곱다, 곱다
는 말을 읊으며 그것을 가장 잘 보이는 곳에 둔다. 풍성한
꽃다발 때문에 TV의 한구석이 가려져도 안나에게는 지금
그것이 중요한 것이 아니다. 안나는 앉자마자 나의 얼굴을
살핀다. 내가 해야 할 일을 안나가 먼저 하는 것이다.

안나 얼굴이 이래 푸석푸석해가 우야노, 뭐 좀 발라야지.
단한 원래 날씨 이러면은 좀 튼다. 괜찮다, 바르고 왔다.
안나 가마 있으라.

가만히 있으라면 가만히 있어야 한다. 나는 아무 말 없이 두 손을 무릎 위에 가지런히 모은 채 눈을 감는다. 달그락거리는 소리가 온 사방에서 들려온다. 안나는 마침내 바셀린을 손에 들고 온다. 그리곤 그것을 내 얼굴 위에 철퍽철퍽 올려 바른다. 바르면서도 뭐가 그리 재미있는지, 발리면서도 뭐가 그렇게 재미있는지 둘은 낄낄거린다. 낄낄거리다 입에 바셀린이 들어가도 웃기만 한다. 손이 반짝거리는 안나와 얼굴이 빛나는 단한이 나란히 앉았다.

단한 니가 왜 거기서 나와 노래 한 번 더 안 불러 주나?
안나 지나간 노래는 다시 안 불러 줍디다.

대신 우리는 다른 노래를 듣는다. 나는 얼굴이 반짝이는 채로 청승맞은 트로트 가사를 들으며 안도감을 느낀다. 흘러나오는 트로트에선 사랑하는 사람이 어디에 있는지 찾을 수 없어 마음이 서글프고 찢어진다지만, 나는 내가 사랑하는 사람이 늘 어디에 있는지를 알 수 있어 마음이 놓인다. 안나는 여기에 있다. 늘 여기에, 내가 늘 찾아올 수 있는 곳에 안나는 있었다.

○   안나의
                                                              돈 봉투

안나가 나에게 내민 봉투에는 투박한 그녀만의 글씨가
쓰여 있었다. 단박에 알아보지 못한 미안함에 물끄러미
바라보고 있으려니 성격이 급한 안나가 발음과 다른 글씨
를 하나하나 짚어가며 설명했다.

안나 (다를 가리키며) 단! (함을 가리키며) 한! (새를 가리
      키며) 생! (축을 가리키며) 축!
단한 아, 단한이 생일 축하한다고?
안나 그렇제.
단한 내 생일 아직 11개월이나 남았는데?
안나 미리 받아라, 이참에.

안나는 성격이 급한 사람이었다. 자신이 하고자 하는 일
에 있어선 조금의 망설임도 스며들지 않았다. 해야 할 일
은 곧바로 자리에서 일어나 실행에 옮기는 타입이었고,

자신을 막는 이와 장애물은 철저히 무시한 채 밀고 나가곤 했다. 안나의 급한 성격은 일에만 해당하지 않았다. 안나는 언제 어디서나 성격이 급한 티가 났다. 아직 생일이 11개월이나 남은 손녀에게 대뜸 생일 축하 봉투를 건네는 것처럼. 안나의 모든 행동에는 물음표와 느낌표가 동시에 따라붙었다.

'생일 축하!'라는 글씨를 쓴 것이 너무 즐거웠으리라. 그래서 얼른 이것을 하나밖에 없는, 이 봉투의 주인인 나에게 건네주고 싶었으리라. 11개월이 남았고 뭐고 난 모르겠고, 그냥 주고 싶었으리라. 생일이 아닌 날에 생일 축하를 받은 나는 어리둥절하면서도 기쁘다. 안나가 글씨를 쓰는 것에 재미를 들인 것이 기쁘고, 예전과는 달리 자음과 모음이 본래 써야 할 것과 너무 멀어 보이지 않아서 기쁘다. 점점 구색을 갖춰 가는 안나만의 투박한 글씨를 한참 보고 있으면 별별 생각이 다 든다. 이리 좋아하는 것을 왜 미리 알아차리지 못했지, 왜 미리 알아차리고 먼저 알려드리려고 하지 않았지. 조금 더 일찍 알려드릴 수 있었으면 좋았을 텐데. 생각의 꼬리에 크기가 각기 다른 후회들이 주렁주렁 매달렸다.

안나는 어느 정도 글씨를 자신감 있게 쓸 수 있게 된 순간부터 나에게 전달하는 모든 봉투의 겉에 몇 자의 글을 적곤 했다. 글은 매일 달랐다. 안나가 읽어 주지 않으면 이해할 수 없는 단문이 많았다. 모두 나에게 전달하고 싶은 말인 것 말곤 공통점이 없었다. 어느 날은 알 수 없는 사랑의 글자가 가득했고, 어떤 날은 고마움이 가득했다. 글씨는 오래 들여다보지 않으면 어떠한 뜻도 유추할 수 없었다. 안나는 그것을 서글퍼하지 않았다. 안나는 오히려 자신이 적은 글씨를 하나하나 짚어가며 나에게 설명해 주는 것에서 제대로 된 기쁨을 느끼는 듯했다.

안나 개발새발이제.

단한 또 무슨 소리를 그렇게 하노. 개발새발이 뭐고, 개발새발이. 나는 할머니 글씨가 좋다. 아주 멋지다. 망설임이 하나도 없고, 쭉쭉 그어지는 선이 너무 멋지다. 앞으로도 계속 이렇게 썼으면 좋겠다.

안나 그카면 또 내가 자신감이 생기지.

안나는 펜 하나로 천하무적이 되었다. 종이만 보이면 아무렇게나 글씨를 휘갈겼다. 입으로 뱉는 말과 쓰이는 글씨가 영 딴판이었다. 나는 그 모습을 보는 것이 재미있었다. 펜을 든 안나는 마술을 부리는 것 같기도 했고, 그녀만의 퍼포먼스를 선보이는 것 같기도 했다. 나는 관객으로서 그 모든 행위를 받아들이고 해석하려 하며, 끝끝내 해석하지 못해 안나의 도움을 받는 단한의 역할에 충실했다. 일부러 모르는 척하는 것은 절대 아니었다. 정말로 안나의 글씨는 한 번에 알아보기가 어려웠다. 자음과 모음의 길이가 제멋대로라 새로운 상형문자를 보는 것 같은 느낌이 들기도 했다. 안나의 글씨 앞에서는 누구나 새로운 문자를 해석하는 탐험가가 되는 기분을 느껴볼 수 있었다.

안나　이거는 강아지 간식 값이다.
단한　여기 그린 건 뭔데. 개미가?
안나　강아지다!

　종종 이런 오해가 생기기도 했지만, 안나는 봉투나 종이에 그림이나 단문을 써 나에게 건네는 것을 지겨워하지 않았다. 오히려 그 순간을 너무나 즐기는 것 같은 느낌이 들었다. 안나가 즐거워했기에 나도 덩달아 즐거웠다. 강아지에게 주는 용돈이라며 나에게 건넨 봉투의 겉에는 몸이 3등분인 희한한 무언가가 그려져 있었고, 부들부들 떨리는 물결체로 강아지의 이름이 적혀 있었다. 안나는 이 모든 것을 기꺼이 즐겼다.

안나　쓰니까 좋다.
단한　쓰니까 좋다고?

안나 그래. 이 좋은 것을 왜 몰랐을꼬. 이렇게 말하면서 쓱
    쓱 적고, 그게 또 내 눈에 뵈니까 너무 좋다. 내가 말한
    것이 다 안 날아가고 거기 있는 것 같은 느낌이 든다.

거기까지는 생각하지 못했다. 안나는 자신이 신문지 위
에다 쓴 글씨를 물끄러미 바라보며 뭐라 중얼거린다. 신
문지에 쓰인 반듯한 글씨와 자신의 글씨가 겹쳐진 것이
신기한 모양이다. 안나는 아직도 손에서 펜을 놓지 않았
다. 쓰고 싶은 것이 너무 많아서, 떠오르는 것이 너무 많아
서 안나는 무엇이든지 적을 수밖에 없는 상황에 놓여 있
는 인물이 된 것만 같았다.

안나의 마음을 모두 이해할 순 없겠지만, 오늘은 뭔가
그런 생각이 들었다. 안나는 얼마나 글을 쓰고 싶었을까.
아직 제대로 된 긴 글을 쓰지는 못하지만, 언젠가 마음을
모두 담은 긴 글을 쓸 날도 오겠지. 내가 쓴 글과 안나가
쓴 글을 나누는 날도 올 수 있을 것이다. 그렇다면, 그런
날이 진짜 온다면, 나는 감격에 겨워 안나의 글씨에 얼굴
을 묻고 한동안 엉엉 우는 것밖에는 달리 할 수 있는 일이
없을 터였다.

안나는 말했다. 여태 자신이 말하는 것이 다 날아가는
것 같은 느낌이 들었다고. 그런데 이렇게 글로 쓰니 붙잡
아 두는 것 같아 너무 좋다고. 안나는 얼마나 많은 말을 했

으며, 그 모든 말을 잡아 두고 싶어 마음이 급했을까. 눈에 보이는 형태로 남지 않고, 그저 허공에 흩어진 말을 다시 담고 싶었던 적도 꽤 많았을 것이다. 안나를 향해 말했다.

단한 할머니, 재미있는 거 보여 줄까. 나는 기분이 좋지 않
      을 때 이런 방법을 써.

  안나가 나를 물끄러미 바라본다. 나는 종이 한 장에 '열등감'이라는 글씨를 쓴다. 그리고는 작은 글씨로 나를 이렇게 만든 열등감의 원인을 적는다. 안나는 아직 글을 빠르게 읽을 수 없으므로 그녀의 급한 성격에 불이 붙기 전에 나는 얼른 말을 이어간다.

단한 할머니, 내 마음에는 열등감이라는 것이 자주 차올
      라. 이건 어떻게 된 게, 자꾸자꾸 잔불처럼 마음에 남
      아서 내가 다 해결했다고 생각했는데, 또 나를 괴롭
      히고, 또 나를 괴롭히고, 매일 반복해. 어쩔 수 없이
      생기는 마음인 것 같아. 그래서 그런 마음이 들불처
      럼 내 마음을 삼키려고 하면 나는 이 방법을 써. 이렇
      게 종이에다가 열등감과 열등감이 생기게 된 원인을
      적고, 찢는 거야!

나는 '찢는 거야!'라고 외치며 종이를 박박 찢어댔다. 나의 행동에 놀란 토끼 눈이 되었던 안나가 곧이어 호탕하게 웃었다. 재미있는 것을 발견했을 때의 웃음이다. 나는 종이를 잘게 잘게 찢어 테이블 위에 올려놨다.

안나 그라믄 좀 후련하나?
단한 뭐, 쪼금?
안나 그렇게 종이를 갈겼는데 쪼금밖에 안 후련하면 우짜
       노. 많이 후련해야지. 내 하는 거 잘 봐라이. 보고 따
       라해라이.

안나는 신문지 한 면 가득 무언가를 적는다. 거침없는 손놀림은 종이의 끝에서 끝으로 끊임없이 이어진다. 안나가 무엇을 쓰는지 나는 알 수 없다. 나는 아무쪼록 이러한 행위를 통해서 안나가 조금이나마 후련해졌으면 싶다. 쓰는 것이 쓰는 것으로 끝나지 않고, 씀으로써 이런 색다른 감정을 느낄 수 있다는 그 재미를, 놓치지 말았으면 싶다. 끊임없이 안나에게 새로운 무언가를 가르쳐 주고, 함께 했으면 좋겠다는 생각이 들었다. 그러려면, 오래오래 시간이 필요할 것이다. 그것이 내가 가장 바라는 것일 테고.
한가득 무언가를 쓴 안나가 그것을 구겼다. 안나는 구긴 종이를 거실 바닥에 툭 던지곤, 천천히 일어나 어기적어

기적 그것을 향해 다가갔다. 힘없는 발로 그것을 밟아 짓이긴 후에는, 허리를 숙여 그것을 손에 쥔 채 일어난다. 아직 끝나지 않았다. 안나는 그것을 찢는다. 열심히 찢은 신문지 종이는 바닥에 후두둑 떨어진다. 안나는 다시 허리를 숙여 탁자 밑에 있던 쓰레기통을 꺼낸다.

안나 휘이! 휘이!

안나는 큰소리를 내며 종이를 쓰레기통에 담는다. 모든 행위가 영상을 느리게 재생한 듯 아주 천천히 행해졌다. 큰 움직임이 없이 일어난 일이었다. 나는 한동안 쓰레기통에서 시선을 거두지 못했다. 쓰레기통이 움직이는 것처럼 보이기도 했다. 거기에 갇힌 무언가가 꿈틀거리는 것처럼 보였다. 그럴 일은 없겠지만, 안나가 심혈을 기울인 모든 동작은 나를 그러한 상상 속으로 아무렇지 않게 등을 떠밀기 충분했다. 완벽했다.

안나 마음은 이렇게 버리는 거다이. 손 탁탁 털고, 한숨 푹 쉬면서 휘이 휘이! 다시는 오지 마라, 나쁜 마음아! 하면서. 아니면 자꾸 따라 붙는다카이.
단한 할머니는 거기에다가 뭐 썼어?

안나는 내 말에 그저 웃기만 했다. 매번 글을 쓸 때마다 입으로 쓰는 글의 반절은 읊던 안나였는데, 신문지에 마음을 쓸 때는 아무런 말도 하지 않았다. 너무나 궁금했지만, 안나가 말해 줄 기미가 보이지 않아 나는 곧 포기했다. 찢어진 종이를 하나하나 맞춰 보아도 결코 알 수 없을 것을 알기에, 포기는 쉬웠다.

지금은 전화를
받을 수 없어

○

안나는 궁금한 것이 많았다. 나에게 물어보는 여러 가지 중에서 가장 최근의 질문은 어떻게 사람들은 가만히 있다가도 전화가 온 걸 알고 주머니에서 휴대전화를 꺼내는 것인가 였다. 나는 내가 들고 있던 휴대전화를 진동으로 바꿔 안나의 물음에 즉각 답을 해 주었다. 안나는 손에 느껴지는 진동이 신기한 것 같았다. 안나는 휴대전화를 가진 적이 없었기에 손에서 느껴지는 감각은 분명 생경한 것이었을 테다.

늘, 집에 있는 네모난 전화 옆에 앉아 하루를 시작하고 마감하는 안나에게 휴대전화가 생긴 것은 그로부터 며칠 지난 일이었다. 휴대전화가 생긴 이유는 간단했다. 지팡이를 짚은 엉성한 걸음으로 얼마나 오랜 시간이 걸리든 마음먹은 그대로 동사무소를 다녀와야 하는 안나를 아무도 말리지 못했기 때문이다. 말릴 수 없는 것은 당연한 일이었다. 안나는 가족 누구에게도 자신의 계획을 알리지 않고 훌쩍 일을 해결하고 오곤 했다. 거동이 불편한 안나의 행보는 남은 가족들의 마음을 졸이게 만들기 충분했다. 그러므로 안나에게는 절대적으로, 휴대전화가 꼭 필요했다. 안나에게도 필요했지만, 어쩌면 가족들에게 더 필요했던 물건이라고 볼 수 있겠다.

안나는 처음 휴대전화가 생긴 것이 너무나 기쁜 나머지 바로 옆에 앉아 있던 이모부에게 전화를 걸어 다짜고짜 '여보세요!'라고 시작하는 엉성한 상황극을 펼쳤다. 으레 당황하기 마련이지만, 마음씨 착한 우리의 이모부는 그 모든 상황을 유연하게 받는다. 안나로부터 총애를 받는 이모부는 안나의 모든 상황극을 입맛대로 받아칠 수 있다. 나와 이모, 엄마에게 있어서 아주 고마운 존재가 아닐 수 없다.

안나   여보세요? 강 서방?
이모부 어머니. 어쩐 일이세요.
안나   내가 휴대포온을 하나 샀는데, 이기 그래 예뻐가지고 자랑 함 할라고 전화했제.
이모부 이야, 어머니 기분 좋으시겠네요. 축하드려요!
안나   기분 조오치, 째진다!

소파에 나란히 앉은 채 펼쳐지는 둘의 연극을 보고 있으려니 웃음이 나지 않을 수 없다. 본인이 직접 구매를 해서 가져왔으면서 '어머니, 축하드려요!'라는 이모부도 웃기고, 전화할 때마다 은근히 끝을 올리는 서울말을 쓰는 안나도 웃긴다. 이때만큼은 한 명도 빠짐없이 웃는다. 모두가 동시에 웃는다. 걱정을 얹지 않은 가벼운 웃음이 방을 가득 채웠다.

폴더폰이 생기고 나서는 집 전화로 전화를 하는 일이 드물었다. 아무래도 집 전화는 집 이곳저곳을 다니며 전화를 할 수 없으니, 안나처럼 집 구석구석을 수시로 살펴야 하는 이에게는 휴대할 수 있는 폴더폰이 딱 좋았다. 집에 있는 전화는 안나만의 번호를 모르는 사람들이나 광고 전화 혹은 폴더폰으로 한 전화를 받지 않아 걱정된 가족들이 집으로 해 보는 전화로 가끔 울릴 뿐이었다.

안나는 폴더폰의 모든 볼륨을 최대한 높여야 했다. 그즈음 안나는 귀가 더 안 들리기 시작했다. 왼쪽이 문제였다. 오른쪽에 수화기를 가져다 대면 그나마 들렸다. 왼쪽에 가져다 대면 잘 들리지 않았다. 안나는 점점 더 시력이 침침해지고, 눈물샘에서 퐁퐁 솟아오르는 눈물로 인하여 시야가 가려지고, 발음이 어눌해지고, 힘이 빠졌다. 그래도 안나는 가족들의 전화를 받기 위해 그리고 본인이 궁금한 가족들의 안부를 수시로 묻기 위해 꾸준히 폴더폰에 귀를 기울였다.

안나는 늘 수화음이 끝날 때가 다 되어서야 전화를 받곤 했다. 나는 부엌이든, 안방이든, 화장실이든, 안나가 소리를 듣고 천천히 분홍색 폴더폰을 향해 걸어오는 상상을 한다. 안나는 화장실을 갈 때 빼고는 배터리를 충전해야 한다며 늘 집 전화기 옆에 폴더폰을 충전시키곤 했다. 머쓱한 모습으로 집 전화와 나란히 누워 있는 폴더폰의 모습이 떠오른다. 마치 자신이 집 전화의 본분을 빼앗은 것 같아 미안하기도 할 것이다. 폴더폰은 안나가 자신을 데리고 화장실에 가 주길 바라겠지. 안나는 천천히 전화기 소리를 들으며, 이렇게 크게 울리는 것이 집 전화기인지 폴더폰인지 잠시 고민할지도 모른다. 그리고는 정답을 찾아 손을 뻗을 것이다. 여기까지 오느라 잔뜩 오른 숨소리로. 이제 막 끊으려던 참에 들려오는 안나의 숨소리는 나의 심장을 엄지발가락까지 데려가기에 충분했다.

단한 할머니, 어디 아파? 뭐 했어? 괜찮아?

쏟아지는 나의 질문에도 안나는 잠시 숨을 고르느라 말이 없다. 나는 상황이 심각하지 않음을 느끼고는 잠자코 안나를 기다린다. 안나를 보챘다간 다른 문제가 생길 수도 있었다. 말을 급하게 하려다가 기침을 하게 되면 큰일이었다. 요즘은 한번 터진 기침도 빨리 멎지 않아 가족들의 걱정이 이만저만이 아니었다. 조금은 숨이 가라앉은 목소리로 안나가 말했다.

안나 여보세요.
단한 할머니, 괜찮아?
안나 개안타. 뭐, 안 괜찮을끼 뭐가 있노. 뭐 했노?
단한 나는 그냥 할머니한테 전화나 걸까 하고 있었지. 할
      머니는 뭐 해?
안나 기도했다. 니를 위해서 기도하고 있었다.

  안나의 차분한 목소리가 나의 마음을 잔잔하게 만들었
다. 나를 위해 기도해 주는 사람이라니. 나는 문득 시계를
올려다봤다. 안나의 기도를 등에 업고 하루를 시작하기
딱 좋은 시간이었다. 전화를 끊고 나면 나도 안나를 위해
기도해야지. 다짐한 내가 말을 이었다.

단한 나 위해서 기도해 줘서 고마워, 할머니. 나도 할머니
      위해서 기도할게!
안나 그래, 그래. 밥 먹었나?
단한 먹었지요.

  안나는 나의 간단한 안부를 묻고 나선, 내가 오늘 하루

를 잘 버틸 수 있을 만한 이야기를 건넨다. 나는 안나가 그때그때 해 주는 말을 잘 새긴다. 새겨 놓고, 꼭 그렇게 살아야겠다고 생각한다. 안나의 기도와 바람과 나를 향한 주문에는 어려운 용어가 없다. 금방이라도 지킬 수 있는 것들로만 구성되어 있다. 그런데, 그게 잘 안 된다. 말처럼 쉽지 않다. 쉽게 생각해도 어려운 것이라서 나는 금세 포기하기 직전에 이른다. 그래도 안나는 나를 위해 똑같은 기도를 한다. 그러면 나는 안나 앞에서는 조금 더 나은 사람이 되고 싶어 끝까지 노력의 끈을 놓지 않는다. 안나가 바라는 것은 대충 이런 것이다. 잔소리도 아니고, 큼지막한 조언도 아니고, 그렇다고 흘날릴 가벼운 말도 아닌 어떤 것.

안나 매사 조심해래이. 항상, 쾌활하게. 명랑하게 살아라. 알았제. 안 되는 건 할 수 없지만, 이왕 하는 건 열심히 해 봐라. 앞으로의 일은 아무도 모르는 거라. 그리고, 니가 할 일, 그리고 니가 맡은 일 열심히 해라, 알았제. 할머니한테는 나중에 시간 많을 때 와도 된다. 할 거 해라. 뭐든지 집중해서 해라.

안나가 요양병원에 가게 되면서 분홍색 폴더폰은 홀로 집에 남았다. 매번 충전기에 전화를 꽂아 놓는 안나 덕분에 배터리는 늘 꽉 채워져 있다. 나는 아무도 없는 집에서 홀로 울릴 폴더폰의 심정은 헤아리고 싶지 않다. 그렇기에, 전화를 건다. 집 안에 울려 퍼지는 생소한 소리에 잠시 당황하던 안나가 하던 일을 모두 멈추고 천천히 일어나 다가오는 상상을 하면서. 오늘은 단한이에게 어떤 말을 해 줄 수 있을까, 생각하며 한 걸음씩 내딛는 안나. 그런 안나를 떠올리며 수화음을 듣는다. 정겨운 안나의 숨소리 대신 지금은 전화를 받을 수 없어 다음에 다시 걸라는 목소리가 흘러나온다. 다음. 다음이라는 말이 굉장히 어색하게 들려서 나는 한동안 수화기를 내려놓지 않은 채, 다음, 다음, 조용히 발음을 곱씹어 보았다.

○   서로의 약 복용
                               시간 알리미

　비장한 마음으로 정신과에 들어섰다가 도로 나왔다. 예약하지 않았기 때문에 나는 내 비장한 마음과 상관없이 오늘 아무런 상담을 받을 수 없었다. 대기실을 꽉 채우고 앉아 있던 사람들은 내가 들어왔다가 다시 나가는 몇 초 동안 그저 나를 멍하게 바라보거나, 바라보지 않았다. 나는 이 주 뒤에 다시 이곳을 방문하기로 했다.

　내가 이 소식을 가장 먼저 전한 사람은 안나였다. 안나는 지금쯤 폴더폰을 수시로 바라보며 나에게 전화가 오기를 기다리고 있을 터였다. 집까지 걸어가며 나는 안나의 번호를 눌렀다. 안나는 정말로 전화를 기다리고 있었는지, 고른 숨으로 평안히 전화를 받았다.

안나　우예 됐노.
단한　우예 되기는, 아무것도 못 했다. 예약해야 하는데, 몰랐다이가. 그래서, 그냥 왔다가 다시 돌아가는 중.

안나 에헤이. 헛걸음 했네.

단한 헛걸음은 아니지, 어쨌든 가서 예약했으니까.

안나 그래, 맞다. 수고했다. 언제 오라대?

단한 이 주 뒤에.

안나 날짜 잘 기억해라.

안나는 나의 마음을 유난히 걱정했다. 어린 시절부터 커
오면서 은은하게 받은 상처가 마음에 남아 있다고 생각했
다. 하지만, 그것은 사실이 아니었다. 그것은 사실이 아니
라고 몇 번을 말해도 안나는 내 말을 듣지 않았다. 나는 나
를 위해 몸과 마음을 다 주는 엄마와 아빠 사이에서 전혀
서운함 없이 자랐다. 사랑은 이모와 이모부에게도 받았고,
특히 외할아버지와 외할머니가 주시는 사랑은 나의 온 세
계를 가득 채우고도 남았다고 자부할 수 있었다. 그런데
외할머니가 생각하는 나의 유년 시절은 좀 다른 것 같았
다. 하긴, 어른들과 어린이의 시선이 다를 수밖에 없지, 뭐.

나는 안나가 기억도 나지 않는 유년 시절의 일로 인하여
나의 마음이 곪았다고 생각하는 편이 훨씬 낫다고 생각하
여 그렇게 생각하는 것을 더는 고치려 하지 않았다. 안나
가 생각하는 것과는 달리 나는 성인이 되면서 여러 인간
관계로 인하여 마음이 뜯어졌다. 한번 뜯어진 곳은 꿰맬
새도 없이 자꾸만 뜯어져서 결국에는 걷잡을 수 없이 힘

들어졌다. 투둑 소리를 내며 뜯어지는 마음을 붙잡고 정신과를 찾아갈 수밖에 없었던 이유는 단 하나였다. 사람들이 많이 있는 곳에서의 숨막힘과 이유 없는 어지러움, 당장 죽을 것 같은 느낌이 나를 덮쳐 오는 것이 시시각각으로 느껴졌기 때문이었다. 사람이 많이 오고 가는 서울역에서 쓰러진 후부터 나는 정신과를 다녀야겠다고 생각했고, 안나는 나의 말에 전적으로 동의했다.

안나 눈이 아프면 안과를 가야하고, 마음이랑 정신이 아프면 정신과를 가야제. 그건 절대 이상한 것이 아니다. 무서운 것도 아니고. 그니께, 니가 가고 싶은 곳을 찾아서 잘 갔다가 오고. 할머니한테는 잘 갔다가 왔는지 그 여부만 딱 알리도가.

안나는 나의 정신과 방문을 응원하면서도 슬퍼했다. 그럴 때마다 나는 안나에게 이건 절대 슬픈 일이 아니라고 말했다.

단한 고치러 가는 거야. 더 나빠지려고 가는 게 아니라!
안나 맞아, 고치러 가는 거지. 고칠 수 있지.

진료를 받고 나오는 순간부터는 늘 안나와 전화를 하며

집까지 걸어가곤 했다. 안나는 정신과에서 내가 했던 이야기를 고스란히 다시 들었다. 나로서는 2차 진료인 셈이었다. 나는 안나에게 나의 속마음을 이야기하는 것에 거리낌이 없었다. 안나 역시 지금 듣는 이 이야기를 다른 곳에 절대 옮기지 않았다. 안나는 그저 나의 이야기를 듣기만 했다. 그런데, 어느 날은 처방을 내렸다.

안나 그건, 누구의 잘못도 아니지. 누구의 잘못이라고 할
　　　수 없지.
단한 왜?
안나 그냥 상황이 그렇게 된 거지.
단한 그럴 수도 있는 건가.
안나 그럴 수도 있지.
단한 그런가.
안나 그럼. 상황이 그렇게 되면서 어쩔 수 없이 그럴 수도
　　　있지.

　나는 안나가 '그럴 수도 있지!'라거나 '어쩔 수 없지!'라는 말을 처방해 줄 때가 제일 좋았다. 안나가 그럴 수 있다고 하면, 정말 모든 것이 그럴 수 있을 것 같았기 때문이다. '어쩔 수 없지!'라는 말도 마찬가지였다. 어쩔 수 없이 모든 것이 일어났다고 생각하면 마음이 편했다. 안나와의

전화는 나에게 매일 새로운 처방을 내려주었다. 안나와의 전화가 너무 마음이 편하고 즐거워서 약을 먹는 것을 깜빡 잊은 적도 많다. 나와 이야기하느라 안나도 본인이 먹어야 하는 약을 깜빡 잊은 적이 잦았다. 이래선 안 되었다. 이야기도 좋지만, 우린 전적으로 약을 꾸준히 먹어야 하는 사람들이었다. 우리는 그때부터 서로가 서로의 약을 걱정하기 시작했다.

이때쯤이면 약을 먹어야 하지 않겠냐는 말이 서로의 입에서 귀로 넘어가면, 우린 자연스레 수화기를 내려놓고 약봉지를 꺼냈다. 나는 신경 약을 먹었고, 안나는 더는 간이 나빠지는 것을 막아 주는 간 보호제를 먹었다. 안나는 더 이상의 치료가 되지 않아 그저 현재보다 더 나빠지는 것을 막을 수 있는 약을 먹을 수밖에 없었다. 무엇이든 먹으면 되었다. 약을 먹고, 우리는 다시 이야기를 이어갔다. 안나가 한 번에 약을 못 넘긴 날이면 목에 걸린 약이 넘어갈 때까지 수많은 기침 소리를 함께 들어야 했다. 그래도 우린 절대 전화를 끊지 않았다. 끊고 이따가 다시 하자는 이야기도 하지 않았다. 기다렸다. 상대방이 약을 다 먹고, 편안히 전화를 다시 이어갈 수 있을 때까지.

나는 마치 '학교 다녀왔습니다.'라고 말하는 것처럼 안나에게 정신과를 다녀왔노라 말한다. 그러면 안나는 내가 학교에서 상장을 타 온 아이라도 되는 것처럼 나를 칭찬

한다. 나는 마치 안나에게 맡겨둔 듯 칭찬을 받는다. 안나에게선 나를 향한 칭찬이 끊임없이 흘러나온다. 나는 칭찬의 바다에 잠겨 둥둥 떠다니며 행복을 만끽한다. 나의 문제를 정확하게 파악하고, 늦지 않게 관리하는 것은 너무나 중요한 일이구나. 칭찬을 받을 만한 일이구나, 생각하면서.

안나 뉴스 보고 있는데, 이제 눈하고 비가 막 온단다.
단한 그래서 몸이 이렇게 아팠구나.
안나 니 몸이 아팠다꼬?
단한 할무이, 나도 이제 몸으로 날씨를 안다.
안나 하이고야. 그래, 니도 할매 다 됐다, 우얄래.
단한 나도 할무이 할란다.
안나 약은 잘 묵고 있나?

　안나와 나의 모든 이야기는 이런 식으로 이어진다. 그래서 약은 잘 먹고 있냐고 이렇게. 서로 신경 쓰지 말라는 말을 하면서도 끊임없이 신경을 쓰는 사이. 안나와 나는 서로의 약을 걱정한다. 우리는 서로를 걱정하며 끊임없이 약을 먹기를, 약을 먹는 것을 멈추지 말기를, 자신을 더 나아지게 만들기를, 더 나빠지지 않게 만들기를, 나를 관리하며 아끼는 일을 멈추지 말기를 종용한다. 진심으로.

사실은
모두 비정상

안나는 휠체어를 싫어했다. 매달 한 번씩 검진을 받으러 갈 때도 안나는 꼭 자신의 두 발로 걸어가려 했다. 거동이 불편한 안나는 쉽게 속력을 내지 못했고, 그만큼 빨리 지쳤다. 안나의 팔을 잡고 부축하는 나, 조금 먼저 나아가서 서류를 내거나 접수를 확인하는 엄마의 보폭도 안나에게 맞춰져 느렸다. 모든 것은 우리를 빠르게 지나쳐갔다. 우리는 병원에서 제일 느린 사람들이 되곤 했다.

휠체어에 타고 싶지 않은 안나의 마음은 어렴풋이 알 수 있었다. 짐이 되고 싶지 않으리라. 조금이라도 더 걸을 수 있을 때 걷고 싶었을 것이다. 하지만, 나는 안나가 휠체어에 탐으로 인해서 본인을 '짐'이라 생각하는 것이 마땅치 않게 느껴졌다.

단한 할머니, 할머니는 할머니 손녀가 얼마나 힘이 센지
    모르지. 휠체어에 타면 아주 그냥 편하게 가실 수 있

다고요. 휠체어가 존재 이유가 뭔데. 안 그래? 내가
잘 밀어 드릴게, 나 한번 믿어 봐!

　다음 달 검진 날, 안나의 고집은 드디어 꺾였다. 병원에
서는 휠체어가 안나의 다리를 대신했다. 안나는 바퀴에
오르면 말이 없어졌다. 나는 모든 힘을 끌어올려 안나가
최대한 편하게 휠체어에 앉아 있을 수 있도록 노력했다.
휠체어를 밀고 난 다음 날이면 온몸이 쑤시고 아팠다. 요
령껏 밀지 못해서 그런 것이라는 걸 잘 알고 있었다. 하지
만, 휠체어를 요령껏 미는 방법을 터득하기 위해선 많이
밀어 보는 수밖에 없다. 얼마나 더 병원에 올 수 있으려나.
어쩌면 나는 언제까지고 휠체어 완벽하게 밀기를 성공하
지 못할지도 몰랐다.
　집에서는 걸음을 도와주는 재활 보조 보행기가 함께했
다. 안나는 처음에는 이 보조 보행기도 싫어했다. 크기만
크고 걸리적거린다는 것이 보행기를 향한 안나의 첫 평이
었다. 하지만, 화장실을 갈 때 곧잘 사용하더니 다음부터
는 조금이나마 익숙해지려 노력했다. 넘어질 일이 없어
다행이었지만, 안나는 답답해했다. 보조기구가 답답한 것
이 아니라, 보조기구를 사용하여 걸어야 하는 자신이 답
답하게 느껴지는 듯했다. 나는 안나가 느끼는 감정을 전
부 알 수 없으므로 잠자코 있었다. 안나는 그즈음 내면이

많이 시끄러운 듯했다. 마음에 걷잡을 수 없는 생각들이 몰아치면 겉으로는 말이 없어지게 마련이다. 마음이 시끄러우면 그렇다. 겉으로 티가 난다. 안나는 지금, 마음이 아주 시끄러워 보였다.

병원을 가는 날에는 무조건 휠체어를 탔다. 어느 날은 진료 시간보다 조금 더 일찍 도착했기 때문에, 휠체어를 탄 채로 병원 주변에 만발한 꽃을 구경했다. 빛을 받아 반짝이는 꽃을 보는 안나는 평소보다 기분이 조금은 더 좋은 것 같았다. 나는 열심히 휠체어를 밀었다. 그나마 병원이었기에 휠체어를 타고 이곳저곳을 갈 수 있었지, 그 외의 곳은 도저히 엄두도 내지 못했다. 병원 안이 제일 돌아다니기 편했다. 그나마.

안나 저기 꽃이 예쁘다.
단한 어디?
안나 저기, 성모님 상 앞에 있는 노오란 꽃이 예쁘네.
단한 들어가서 볼까?

성모상 앞까진 조그맣게 길이 나 있었다. 나는 휠체어를 밀고 그곳까지 갈 수 있으리라 장담했다. 무리하지 말라는 안나의 말이 들렸다. 나는 무리를 해서라도 안나에게 노란 꽃을 보여 주고 싶었다. 하지만, 휠체어보다 길이 좁고 울

퉁불퉁했다. 더는 바퀴가 들어가지 못했다. 어쩔 줄을 모르는 나를 올려다본 안나가 말했다.

안나 됐다, 여기서도 보인다. 애쓰지 마라.
단한 아니, 그게 아니라. 원래는 들어갈 수 있는데 내가 잘
　　　못하는 것 같다.
안나 됐다, 니 이만하면 잘하고 있다. 내일 또 팔 아프다이.
단한 저기까지는 들어갈 수 있을 것 같은데.

　나는 몇 번이고 휠체어를 밀었다가 놓았다. 그러다 어느 순간 멈췄다. 안나가 조용했기 때문이었다. 안나는 또 내면의 파도에 휩쓸리고 있는 것 같았다. 내가 휠체어를 흔드는 만큼이나 요동치는 안나의 모습을 나는 생각지 못했던 것 같다. 나는 곧바로 방향을 돌려 평평한 땅이 그나마 많이 있는 병원 내부로 향했다. 천천히 병원 내부를 돌아다니면서 우리는 꽃 대신 채혈실과 화장실을 봤다.
　안나는 무슨 생각을 하고 있을까. 걸을 수 있는 건 인간의 기본적인 행위인데, 그것을 하지 못하면서 많은 생각이 들게 된 것일까. 그래서 악착같이 휠체어는 타고 싶어 하지 않았던 걸까. 나도 나대로의 생각에 빠져 아무렇게나 움직이고 있을 때, 안나가 말했다.

안나   여기는 막다른 곳이라.

단한   응?

안나   여기는 막다른 골목이라고, 더 갈 데가 없다고. 돌아
       가야 한다고.

　생각 없이 움직이다 보니, 복도의 끝까지 온 모양이었
다. 다시 천천히 방향을 돌려 왔던 길을 되돌아갔다. 안나
의 조용한 목소리가 복도를 울렸다.

안나   여기서, 저기까지도 힘들다, 그쟈.

단한   아이다, 하나도 안 힘들다.

안나   동글동글 구르는 것이, 어디든 갈 수 있는 것 같아도
       갈 수 없는 곳이 더 많았네. 꼭 내 같네.

　안나의 마음속에 있던 말이 나왔다. 어디든 갈 수 있는
것 같았던 바퀴가 어디든 쉽게 갈 수 없다는 것을 깨달았을
때, 안나는 바퀴와 자신의 처지가 비슷하다고 여겼을까.

　안나의 말에는 여러 의미가 담겨 있었다. 안나의 입장에
서 바퀴는 느렸다. 어디든 갈 수 없었다. 바퀴는 튼튼하지
않았고, 위험이 따랐다. 여기에서 저기까지 가는 것도 힘
이 들었고, 많은 생각을 하게 만들었다.

　나는 안나가 휠체어를 탔으면 좋겠다고 생각하면서도

그 생각을 오래 가지지 않았다. 안나가 휠체어를 타지 않았을 때는 좁은 보폭이라도 나와 함께 걸으며 나뭇잎을 보고 꽃을 볼 수 있었다. 휠체어를 타면 그러지 못한다. 바퀴가 없을 때 두 발로 걸었던 곳 중 못 가는 곳이 더 많았다. 안나는 일찍이 그것을 느꼈을까. 그래서 더욱 바퀴가 싫었던 걸까.

집으로 돌아가는 길에 아무도 타지 않는 저상버스를 보았다. 안나는 지금 내 손을 붙들고, 나와 함께 택시를 기다리고 있다. 안나가 휠체어를 타고 있었다면 함께 올라야 했을 저상버스가 우리 옆을 지나가는 동안 우리는 아무런 말도 하지 않았다. 나의 머릿속에선 휠체어에 올라탄 안나를 안전하게 버스에 태우는 장면이 반복되었다. 어떤 장면은 안전했고, 어떤 장면은 불편했으며, 어떤 장면은 다른 사람들의 눈치를 보느라 식은땀을 뻘뻘 흘렸더랬다. 그러지 않아도 되는데. 그러지 않을 수 있도록 만들어진 것인데. 누구를 위한 것일까. 저상버스에 수없이 올라탔음에도 한 번도 휠체어에 탄 사람과 동승한 적이 없었다.

안나 있다 아이가.
단한 뭐가.
안나 다 비정상이다.
단한 뭐가?

안나 나는 다 정상인 줄 알았는데, 다 비정상이라.

단한 …….

안나 다 정상인 줄 알고 살고 있어도, 다 비정상이라.

　우리는 지쳐 있었다. 우리는 우리가 무엇에 지쳐 있는지 잘 알고 있었다. 몸이 지친 것이 아니었다. 마음이 지친 것 같았다.

안나는
세계여행 중

안나가 멕시코에 다녀왔다. 안나는 그곳에서 '죽은 자의 날' 행사에 참석한 것을 매우 행복하게 여겼다. 얼굴이 붉게 달아오른 안나는 시종일관 그 행사에 관해 자신이 보고 느꼈던 것을 나에게 풀어놓았다.

안나 완전히 다르다카이, 뭐랄까. 여기는 죽음이나 장례식 같은 것이 좀 무섭다 하나. 아무튼, 어둡잖아. 거기는 마 그냥 파티라니께. 들고 뛰고, 놀고, 웃고, 생전에 그 사람이 좋아한 노래들 전부 다 틀어 주고, 파티처럼 놀더라카이.

안나는 가끔 자신을 '아주 아주 옛날 사람'이라고 칭하곤 했다. 모든 것이 휙휙 바뀌는 세상에 적응하지 못하고 홀로 남아 끙끙거리는 건 자신밖에 없을 것이란 말도 덧붙였다. 안나는 자신이 아주 아주 옛날 사람이라 어둡고 무겁고 복잡한 장례식만 봐 왔다고 말했다. 그런 안나에게 눈물 한 방울 없는 장례식은 어떠한 의미로 다가왔을까. 나는 안나가 그 행사를 보며 어떤 생각을 했는지 궁금했다. 물론 물어보기 전에 안나가 먼저 입을 열었다.

안나 귀신 막, 이런 존재에 관해서 무섭다고 생각하는 것이 아니라 조상 기리듯이 그냥 기리는 기라. 꽃을 뿌려 놔, 바닥에. 뭐라 카드라, 그 꽃 이름이. 아무튼 그걸 뿌려 놓으면 그걸 밟고 조상들이 집을 찾아온다카대. 크으. 너무 멋있지 않나? 그래가지고 제단에 차린 음식 먹고 노래 부르고 그러는 거라. 거기는 전신만신에 다 해골 분장을 하고 있드라.

　안나는 여전히 들뜬 얼굴이다. 안나는 나에게 꼭 자신이 멕시코에 다녀온 것처럼 말한다. 안나는 멕시코에 다녀온 적이 없다. 그녀와 나는 지금 TV 앞에 앉아 있다. 우리 앞에 있는 화면은 방금까지 방영했던 멕시코의 골목 너머 다른 세상을 보여 주고 있다. 안나는 내가 도착하기 전까지 보고 있었던 세계여행 프로그램에 관해 이야기하는 중이었다. 안나는 골목에서 무엇을 보았는지까지 똑똑히 기억해 놓았다가 나에게 말했다.

안나 그 해골 분장이 진짜 신기하더라고. 진짜 해골 같이
       그려 놓은 기라.

단한 함 해 보고 싶드나.

안나 궁금하긴 하더라. 뭐 어차피 죽으면 할 필요도 없겠
       지만!

단한 아, 할머니!

　안나는 가끔 이렇게 나를 놀렸다. 배를 잡고 웃던 안나
가 미간을 잔뜩 찌푸린 나를 향하여 다시 멕시코 이야기
를 꺼낸다. 꼭 한 번 가고 싶다, 언젠간 갈 수 있겠지, 같은
말은 나오지 않는다. 그저 멕시코에 관해서만 이야기한
다. 본 것을 이야기하되 훗날의 어리석은 약속은 하지 않
는다. 이것은 여행 프로그램을 볼 때 행하는 안나와 나의
은근한 규칙이었다.

　방금 본 것에 관해 조금 더 알고 싶어 하는 안나를 위해
멕시코의 죽은 자의 날 행사를 검색해 봤다. 11월 1일에 시
작되는 이 행사는 안나의 말처럼 마리골드란 꽃을 바닥에
뿌리며 시작되었다. 이 꽃을 뿌리는 이유는 간단했다. 조
상이 길을 잃지 않게 하기 위해서였다. 마리골드란 꽃을
검색했다. 꽃을 좋아하는 안나에게 생김새를 보여 주고
싶었기 때문이다. 안나는 마리골드를 한참 바라봤다.

안나 대단한 녀석이네.

단한 뭐가?

안나 이 꽃이 말이야. 길을 잃지 않게 해 준다 안 카나.

단한 그렇지, 조상들이 이 꽃을 밟고 집으로 찾아오게 무
      덤에서부터 집까지 쭉 꽃을 뿌려 놓는대.

안나 다 똑같은 꽃인데 다른 집이랑 서로 엉켜뿌면 우야노.

단한 에이. 그래도 자기 자식들이 뿌려 놓은 꽃은 알아보
      겠지. 안 글나?

안나 그렇네.

단한 할무이도 뿌려 줄까? 나중에?

안나 됐다마, 속 시끄럽다.

  속 시끄럽다는 말과 달리 안나는 조금 더 꽃의 생김새를
들여다보다 고개를 돌렸다. 나는 조금 더 축제에 관해 이
야기했다. 정말이네, 할머니 말처럼 다들 즐겁네. 즐거운
축제네, 죽은 자를 그리워하면서 슬퍼만 하는 것이 아니
라 그를 위해서 맛있는 음식과 좋은 음악을 준비하고 기
다리는 거네. 나의 말에 안나가 고개를 끄덕였다.
  어쩌면 이때, 우리는 비슷한 생각을 했는지도 모른다.
우리의 앞날을. 안나의 장례를. 안나는 이미 시한부 선고
를 받고 난 후, 나를 포함한 가족에게 장례에 관한 언급을
한 적이 있었다.

안나 아무도 부르지 마래이, 딱 우리 식구끼리만 해래이.
　　조촐하게. 그거면 됐데이.

　안나와 함께 TV를 보다가도 장례나 상조에 관한 광고가
나오면 괜히 마음이 이상했다. 안나는 아무렇지 않아 보
였는데, 내가 어쩔 줄을 몰랐다. 화면에 나오는 장례식의
모습 그대로를 행하고 있을 것을 생각하면 괜히 속이 뜨
거워지는 느낌이 들어 자리를 피할 수밖에 없었다. 내가
이렇게 행동하는 것이 안나를 힘들게 만들지도 모르겠다
는 생각이 들기도 했지만, 어쩔 수 없었다. 나는 안나 앞에
서 갑자기 펑펑 우는 것보다는 '할머니, 뭐 마실래?'라고
말하며 최대한 자연스럽게 냉장고로 향하는 것이 더 낫다
고 생각했다. 그게 내가 할 수 있는 최선이었다.
　언젠가 새벽에 짧은 동영상 한 편을 본 적이 있다. 자신
의 죽음을 슬퍼할 사람들을 위해 장례식을 파티 형식으
로 꾸며 놓은 누군가에 관한 영상이었다. 그는 생전에 자
신이 좋아했던 노래와 음식을 준비해 놓고 마지막 인사
를 하러 온 친구들을 반겼다. 친구들은 이 어이없고도, 정
말 그다운 장례식에 고개를 흔들면서도 웃음을 잃지 않았
다. '안녕, 안녕. 언젠가 다시 만나요.'라는 노래 가사가 흐
를 때 눈물을 훔치는 사람도 있었지만, 전반적인 분위기
는 대체로 멋졌다. 완벽한 안녕이었다. 그는 분명 살아생

전 많은 사랑을 받았으리라. 물론, 그만큼 베풀기도 했겠지. 알지 못하는 누군가의 장례식을 본 어느 새벽, 나는 오랫동안 잠을 설쳤다.

단한 장례식은 분위기만 봐도 딱 그 사람이 생전에 어땠는지 알 수 있게 되는 것 같더라.

안나 그렇나.

단한 할머니는 어떤 사람이고 싶노, 생각한 적 있나?

안나 나는 내가 좋은 사람이었으면 좋겠다. 물론, 뭐 진짜 좋은 사람은 아니었겠지만. 한 명이라도 나를 좋게 생각해 주면 행복할 것 같다. 너거 이모랑 너거 엄마한테도 좋은 엄마였으면 좋겠고, 내가 잘못한 게 있으면 다 미안하다 카고 싶고, 아무튼 그렇게 잘 갈 수 있으면 좋겠다.

단한 그 부분은 걱정하지 않아도 될 것 같다.

안나 왜.

단한 할머니는 이미 나한테는 최고고, 제일 멋있는 사람이니까! 내가 그렇게 생각하니까, 그 부분은 걱정하지를 마소.

안나는 금세 기분이 좋아져 아이처럼 웃었다. 오랜 시간을 잡아먹은 광고가 끝나고 다큐멘터리는 다음 시공간으로 우리를 안내할 준비를 하고 있었다. 안나가 옆자리를 툭툭 쳤다. 나는 안나의 옆에 더 바짝 붙어 앉았다. 안나가 말했다.

안나   니 나이 때는 많이 묵고, 많이 놀고, 많이 보고, 많이 까불락거리면서 다니는 게 제일 최고다. 그런 의미에서, 니랑 내랑 여행이나 가뿌자.

  아뿔싸. 안나가 금기를 어겼다. 안나는 곧바로 말을 이었다.

안나   옆에 딱 붙어라, 같이 여행이나 합시다요. 여행 별거 없데이, 저 사람만 잘 따라 다니면 어디든지 갈 수 있다카이. 상상은 공짜 아인교, 같이 할 수 있을 때 하자.

  안나는 정말이지 여행 다큐멘터리 PD의 등을 잘도 따라 다녔다. 내가 놓치는 것이 있으면 아까 그것을 보았냐며 자신이 본 것을 자신만의 표현으로 말하곤 했다. 안나는 흥정도 잘했다. 물품을 사러 들어간 PD의 등 뒤에서 에이, 저건 너무 비싸지! 바가지 씌우네! 등등을 외쳤다. 누구든 안나의 호탕한 목소리를 들으면 깜짝 놀라 제값을 말할 것 같단 생각이 들었다. 안나는 여행의 시작부터 끝까지 아주 씩씩했다. 버스도 놓치지 않고 잘 탔고, 틈틈이 밖을 구경하는 것도 잊지 않았다.

안나는 완벽한 여행자였다. 안나는 여행에 있어서 타고난 사람인 것처럼 보였다. 어디든 갈 수 있을 듯했고, 어디에서든 잘 살 수 있을 것 같았다. 안나는 꽃이 만발한 화면 속을 바라보며 자신이 갈 곳도 저렇게 예쁜 꽃이 많았으면 좋겠다고 이야기했다. 나는 그 말에는 어떠한 대답도 하지 않았다. 고개를 끄덕이긴 했지만, 꽃을 바라보는 안나는 나의 끄덕임을 보지 못했을 것이었다. 나는 안나와 여행을 하며 자주 다른 생각에 빠졌다. 마음이 먹먹하고 이상했다. 여행은 즐거워야 하는데, 이상했다. 조금 더 시간이 지난 후에야 그 이유를 알았다. 안나가 너무나 기뻐해서 마음이 이상했던 것이었다.

시작은 함께였으나 끝은 함께일 수 없다는 걸 너무나 잘 알아서, 아주 먼 곳이라도 안나 혼자 잘 갈 수 있을 것 같아서, 곧 어디론가 멀리 떠날 사람처럼 느껴져서, 그때가 금방 다가올 것 같아서, 그곳에서는 누구의 도움 없이도 잘 걷고, 잘 뛸 수 있을 것 같아서, 그 모습을 나는 못 볼 것 같아서, 그렇지만 누구보다 안나가 그럴 수 있기를 바라서 그래서 슬프고, 기분이 이상하고, 마음이 데인 것처럼 홧홧하고, 먹먹했다. 여러 가지가 복잡하게 뒤섞인 마음 중에선 다행스러움이 제일 컸다. 그래서 더는 슬퍼하지 않기로 했다. 여행을 잘한다는 건, 슬픈 일이 아니니까. 슬퍼하지 않을 것이다. 지금은 그저 안나가 갈 곳에 꽃이 흐드러지게 피어 있길 바랄 뿐이다.

처음
사랑을 고했을 때

할머니 사랑해! 사랑한다는 말을 처음 했을 때 안나는 대답이 없었다. 할머니 사랑해! 다음 날에도 안나는 대답이 없었다. 왜 대답을 하지 않느냐는 나의 닦달에 안나는 그제야 몇 마디 덧붙였다. 물론, 사랑한단 말은 아니었다. 어, 그래, 고맙다, 그래, 니도(?) 정도랄까. 나는 안나에게 사랑한다는 말을 강요하지 않았다. 그저 줄기차게 나만 그녀에게 사랑한다고 외쳤다. 그랬더니, 언젠가 대답이 돌아왔다.

안나 그래, 나도 사랑해이. 하늘만큼 땅만큼 싸랑해이!

그때 내가 뭐라고 했더라. 어떻게 했더라. 어떻게 하긴. 아무것도 하지 못했다. 그렇다. 나는 안나에게 사랑한다는 소리를 듣고, 정말이지 사랑한다는 말을 처음 듣는 사람처럼 굴었다. 한 번 더 이야기해 보라고 떼를 쓰기도 하고, 광대가 너무 높이 올라가 잇몸의 시림을 느끼기도 했다. 잘은 몰라도 사랑한다는 말에는 무언가 묵직한 게 들어있는 것이 분명했다. 그렇지 않고서야, 그 말을 들었을 때, 뭔가 해내야 할 것 같고, 내가 조금 더 나은 사람이 되었으면 좋겠고, 그냥 웃음이 나고 그럴 리가 없었다. 아무것도 담겨 있지 않다면 이러한 기분이 몸을 타고 오를 수가 없었다.

안나   평생 이런 말을 안 해 보고 살았는데 해 보니 즐겁네.
단한   평생 이런 말을 안 해 봤다고? 외할아버지한테도?
안나   하이고야, 우리 때는 그런 말 안 하지.
단한   그럼 사랑한다는 말 대신 무슨 말을 하는데?
안나   그냥 뭐. 밥 무씨요? 뭐 단단히 챙겨 입고 나가소, 이
        런 말 하지.

  사랑한다는 말은 여러 가지 형태로 모습을 달리할 수 있었다. 밥은 잘 챙겨 먹었냐는, 날씨가 이러한데 옷은 단단히 입고 나갔냐는, 길이 어두우니 조심하라는 안부로. 안나는 평생 그렇게 사랑을 이야기해 왔다. 어쩌면 여태 안나는 나에게 사랑한다고 이야기하고 있었을지도 몰랐다. 밥은 먹었는지, 아프진 않은지, 약은 잘 챙겨 먹고 있는지, 오늘 하루는 어땠는지, 늘 안나는 나에게 묻고 있었으니까.

엄마와 이모는 나와 할머니의 밑도 끝도 없는 사랑 고백을 처음에는 믿지 못하는 눈치였다. 평생 사랑한다는 말을 하지 않고 살았다는 안나의 삶을 보고 자라 온 엄마와 이모는 그럴 만했다. 둘은 안나가 사랑한다고 이야기하는 것을 처음 듣는다고 했다. 안나가 그렇게 말할 수 있다는 것을 알고는 엄청나게 놀랐다고. 나는 금세 뿌듯해졌다. 물론, 엄마와 이모를 향한 다양한 사랑의 말이 많았겠지만, 단어 그대로의 사랑의 말은 내가 처음 들은 것이니 뿌듯할 만도 했다.

내가 안나에게 사랑한다고 말하는 이유는 간단했다. 사랑했기 때문이었다. 그리고 조금 더 많이 표현하고 싶었기 때문이었다. 남은 시간이 얼마 없다고 생각하면 괜히 숨이 가빠 왔다. 정해진 시간에 딱 맞춰 생을 마감하는 것은 절대 아니지만, 시한부 선고는 생각보다 어렵다. 그 순간이 다가오는 것이 공기로 느껴진다고 해야 할까. 그저 단순한 선고일 뿐이고, 얼마든지 어길 수 있는 약속일지도 모르겠다만 가볍게 여기기에는 모든 것이 너무나 무겁다. 그랬기에 내가 할 수 있는 선에서 할 수 있는 것을 하기로 했다. 말을 뱉는 것은 쉽다. 그래서 말을 뱉기로 했다. 사랑한다는 말을.

그런데 이렇게 사랑한다는 말을 자주 뱉다 보니 문제가 생겼다. 사랑한다는 말에 어느 정도 책임감이 묻게 된 것이었다. 그저 끊는다는 말을 대체한 말이 아니었기에 더 그랬다. 안나가 사랑한다고 외치면, 나는 전화를 끊은 뒤 한 뼘 더 책임감과 같은 마음이 삐죽 자라남을 느꼈다. 더 괜찮은 사람이 되고 싶었고, 더 멋진 사람이 되고 싶었다. 안나가 사랑해도 괜찮은 사람이 되고 싶었고, 안나가 사랑한다고 말하는 것이 부끄럽지 않은 사람이 되고 싶었다. 반대로, 안나가 나에게 사랑한다는 말을 듣고도 부끄럽지 않았으면 했다. 그래서 나는 조금 더 많이, 빨리, 자주 움직여야겠다고 생각했고, 그 모든 생각은 매일 하게 되는 안나와의 전화를 통해서 점점 더 선명해졌다.

 '안나와 나는 사랑해!'라고 말을 뱉는 방식이 비슷했다. 우선, '사랑'은 빠르게 발음한다. 그리곤, '해'를 조금 더 길게 발음한다. 음계로 따지면 '솔' 정도로. 어떨 땐, '사랑'이 '싸랑'이 되기도 하고, '쓰랑'이 되기도 한다. 싸랑이든 쓰랑이든 사랑하는 마음에는 변함이 없다. 적어도 우리 둘은 그렇다.

 안나와 전화를 하지 못 한 지, 꽤 오랜 시간이 흘렀다. 안나의 건강이 조금씩 더 나빠지고 있어서, 나는 안나와 전화를 할 수 없다. 안나에게 사랑한다는 말을 할 수 없고, 들을 수 없는 요즘의 시기는 나에게 많은 생각과 알 수 없는 감정을 심어 주고 있다. 이 생각과 감정이 자라나 무엇을 터트릴진 모르겠지만, 아무튼 지금은 그저 많은 것이

나부끼게 놔두고 있다. 마음 정리도 내켜야 하는 법이다. 지금은 하고 싶지 않다.

안나가 요양병원에 들어가고 며칠이 지난 날, 겨우 닿은 전화 통화에서 나는 그녀에게 사랑한다고 외쳤다. 안나는 나를 사랑한다고 외치지 않았다. 다른 말을 꺼냈다. 다른 이야기를 했다. 나는 그 이야기를 잠자코 들었다. 그 속에서 '사랑'을 찾으려 노력했다. 그러는 동안 전화는 속절없이 끊기고, 나는 한동안 안나와의 대화를 곱씹었다. 사랑은 어디에나 있고, 어디에도 없는 듯했다.

2장

언젠가
남겨질 이에게
전하는 이야기

○ 　　　　　　　　물은 건너 봐야 알고
　　　　　　　　사람은 겪어 봐야 안다

.

혼자 걸으면 유독 생각이 많아진다. 이럴 때 드는 생각들은 대부분 장르에 얽매이지 않으며, 이리저리 무한대로 가지를 친다는 것이 장점인 동시에 단점이다. 생각들은 걷는 나를 지나쳐 앞서가기도 하고, 나와 함께 걷기도 한다. 때로는 내가 돌아보고 알아차릴 때까지 묵묵히 내 뒤를 따르기도 한다.

이런 날은 주변의 소리를 듣고 싶다. 매일 똑같은 음색과 똑같은 리듬의 노래가 아니라, 언제 어떤 소리가 흘러나올지 정해져 있지 않은. 마치 즉흥 합주와 같은 주변의 살아 있는 소리를 듣고 싶어지는 것이다. 나는 인간 메트로놈이 되어 모든 소리에 박자를 맞추며 걷기 시작한다. 타박타박 일정하게 걷는 소리 위에는 여러 소리가 겹친다. 지나가는 사람들의 소리, 구르는 바퀴 소리, 스쳐 지나가는 바람 소리, 운동장에서 고래고래 고함을 지르는 남학생들의 소리…….

혼자 걸으면 유독 청각이 예민해진다. 따로 노래를 듣고 있지 않을 땐, 신기하게도 주변의 소리가 더 크게 들린다. 나는 수많은 소음 사이에서도 사람이 뱉는 소리에 굉장히 관심이 많다. 사람들은 같은 순간에도 제각각 다른 분위기와 음정과 말투로 이야기를 뱉는다. 나를 스쳐 지나가는 사람들은 저마다 다른 이야기를 하는 중이다. 그 이야기들은 묘하게 이어지기도 하고, 어긋나기도 한다. 대부분의 사람들은 자신에게 있었던 일을 이야기한다. 혼자 걷는 경우에도 마찬가지다. 그들은 수화기 너머에 있는 누군가에게 자신의 현재 마음 상태를 이야기한다. 나는 내 옆을 스쳐지나가며 누군가에게 안부를 묻는 목소리를 듣고 안나가 생각났다.

안나는 내가 전화를 하기 전에는 절대 먼저 전화를 걸지 않았다. 이유는 하나였다. 내가 무언가를 하고 있을까 봐. 자신의 전화가 행여 나에게 방해가 될까 걱정이 돼서였다. 나는 회사에 다니지 않으니, 안나의 전화로 인해서 난처한 상황은 일어나지 않을 거라고, 행여 전화를 받지 못하는 상황이라면 남겨진 부재중 표시를 보고 내가 곧 다시 전화를 할 테니 언제든 편하게 연락을 하라고 말했다. 그럼에도 안나는 먼저 전화를 하지 않았다. 어떤 이유에서든지 본인이 나에게 짐이 되는 일이 있어서는 안 된다고 말하면서.

바람이 차가워졌다. 내가 걷는 공원은 연못을 중심에 두고 있어 바람이 조금만 달라져도 그 기온이 몸으로 느껴졌다. 이제 겨울옷을 꺼낼 때가 된 건가. 여름에 입었던 얇은 옷을 집어넣고 두꺼운 옷을 꺼내는 작업은 생각만 해도 고되다. 정리는 굉장히 어렵다. '정리가 제일 쉬웠어요.'라는 사람도 있겠지만, 나에게 정리는 어렵다. 내 마음도 잘 정리하지 못하는데 물건 정리가 뭐가 쉽겠는가.

안나는 다르다. 안나는 하나부터 열까지 모든 것을 자신의 룰대로 정리한다. 안나는 정리에 대해 이렇게 말한다.

안나 넘(남)들이 뭐라고 하든 말든, 내가 하는 방식대로만 하면 되는 기라. 그게 정리 잘하는 방법이야. 내가 딱 필요한 거, 내가 자주 쓰는 거 가까이에 두고, 내가 아는 곳에 잘 넣어 두는 거. 그래서 필요할 때 금세 찾을 수 있게 하는 거. 그기 정리지.

그리고 마음 정리가 너무 힘들다는 나의 말에는 안나는 이렇게 답한다.

안나 정리를 잘하고 싶으면, 일단 뭘 정리할 건지를 먼저 봐야 한다카이. 어디에 담을 건지, 뭐를 담을 건지, 담을 거 크기가 어느 정도 되는지. 쬐깐한

곳에 이따만치 큰 거 쑤셔 넣어 봐라, 그게 들어가나. 그니까 일단 다 엎어 놓고, 뭐가 있는지 차근차근 보는 기라. 뭐가 짜증 났는지, 뭐가 아닌지. 버릴 건 버리고. 원래 정리는 버릴라고 하는 겅께. 버릴 거 버리고, 넣을 거 넣고 하다 보면 자리 없고 막막한 것 같아도 다 들어가.

　마음 정리에 도가 튼 것처럼 말하는 안나가 주로 정리하는 것은 약이다. 안나는 나에게 이야기한 방식대로 병원에서 받은 약과 자신에게 필요한 갖가지 약을 커다란 박스 안에 모두 쏟아부어 정리한다. 약은 너무나 많고 상자는 터무니없이 작다. 하지만, 그렇게 넣으면 뚜껑이 닫히지 않을 거라는 내 말과 달리 뚜껑은 잘만 닫힌다. 수북하게 쏟아져 들어간 약은 안나의 손길 몇 번이면 금세 모든 것이 자리를 찾는다. 마치 원래 거기 있었던 것처럼. 뚜껑을 닫고 난 후 안나는 항상 의기양양한 표정을 짓곤 했다.
　안나가 전화를 받았다.

안나　춥제.
단한　이제 좀 추워지네.
안나　바람이 다 그렇다.
단한　바람이 뭐라고?

안나 바람이 다 그렇다고. 봄에 불거나 여름에 불어도 싸한 바람은 싸하다. 그런 바람은 님의 바람이라고도 하는데, 이게 마음속으로 스며드는 바람이라 상당히 찹다. 단단히 여미라, 단단히.

  님의 바람. 하필 이름도 님의 바람이라 더 서글프게 느껴진다. 나는 전화를 끊지 않은 채 조금 더 걸었다. 안나가 말을 이었다.

안나 니도 얼마나 속이 답답하겠노.
단한 내가 뭘⋯⋯. 나는 다 괜찮다.
안나 맨날 괜찮다, 괜찮다. 니한테 물어본 내가 죄다.
단한 진짜 괜찮다니까.
안나 니는 맨날 괜찮다는 말밖에 못 하잖아. 안 괜찮다고 한 적이 읎다.

  맞다. 나는 괜찮다는 말을 버릇처럼 내뱉는다. 진짜 괜찮아서 괜찮다고 말을 할 때가 있고, 괜찮지 않은데도 버릇처럼 괜찮다고 말할 때가 있다. 또 어떨 땐, 괜찮고 싶어서 주문처럼 괜찮다는 말을 내뱉을 때도 있다. 지금에야 글을 쓴답시고 이렇게 풀어놓아서 그렇지, 사실은 괜찮다는 말을 뱉을 땐 아무 생각이 없다. 그냥 자동적으로 나오는 거다. 자동응답기처럼. '안녕하세요, 다 괜찮은 김단한입니다. 괜찮으니 말씀하세요!' 같은.

뭐가 됐든 괜찮다는 말은 나에게 별 도움이 되지 않는다. 그것을 안 지는 얼마 되지 않았다. 안나는 아주 오래전부터 나에게 괜찮다는 말 좀 그만하라고 이야기한 유일한 사람이다. 안나는 오랫동안 나에게 다양하고도 많은 질문을 해 왔고, 나는 그 모든 질문에 답을 하기 위해 괜찮다는 말을 되풀이할 수밖에 없었다. 그러니 안나는 아주 오래전부터 나에게 괜찮다는 말 좀 그만하라고 이야기한 유일한 사람이며, 나에게 괜찮다는 말을 필요 이상으로 많이 들은 유일한 사람임과 동시에 괜찮다는 말이 이렇게 안 괜찮을 수 있는지를 깨달은 사람이기도 하다.

안나 나는 니 맴을 다 안다.

단한 할머니가 내 마음을 다 안다고? 좋다, 좋네.

안나 다 알지, 하모. 긍께. 할무이한테는 편하게 얘기해라. 내가 누구한테 말하겠노.

단한 나는 할머니한테 마음에 있는 거 전부 말하고 있다.

안나 ……뻘밭에 장화 신고 들어가는 느낌이다.

단한 그게 뭔 느낌인데.

안나 말 그대로다. 푹푹 빠져선 나올 기미가 안 보인다. 니는 나오고 싶은데, 드러븐 것들이 자꾸만 발을 잡고

들러붙고. 그래서 용을 쓰고, 기를 쓰는데도 밖에 나
오기는 어렵고.

단한 나는 괜찮다니까.

안나 알았다, 알았다.

단한 …….

안나 전신만신에 다 신경 쓰지 마라. 사람은 겪어 봐야 알
고, 물은 건너 봐야 안다는 말이 있다. 지금 다 겪는
중이고, 건너는 중이다. 하나의 과정일 뿐이다. 지나
고 나면 다 소용없다.

단한 지나고 나면 다 소용없다고? 소용이 있어야지!

　나는 안나가 나의 뻘밭에 함께 빠지는 것이 싫어 이야기
가 진지해질 때면 지금처럼 목소리를 한 톤 높여 분위기
를 바꿔 보려 했다. 대부분은 먹히지 않았다.

안나 다 필요없다! 그냥 지나가는 거 다 흘려보내고 해라!
지나가는 거 뭐 그리 중요하다고 붙잡고 청승을 떨어
쌌노. 하고 싶은 것만 하고, 하기 싫은 건 하지 마라!

단한 알았다. 하고 싶은 것만 하고 살게! 바보처럼 안 살게!

안나 세상에 바보가 어디 있나. 사람들이 바보라고 부르는
사람들은 참을 줄 아는 사람들이다. 참는 것에 도가
튼 사람들 보고 다들 바보라 안 카나.

안나는 모든 것에 너무 마음 쓰지 말라고, 잘 되는 일이 있으면 그렇지 못한 일도 분명히 있다는 말을 끝으로 전화를 끊었다. 긴 통화 내내 나를 탓하는 말은 없다. 그럴 수도 있고, 저럴 수도 있으니 다 괜찮다고 한다. 안나는 나더러 괜찮다는 말을 하지 말라면서, 본인은 나에게 괜찮다는 말을 수없이 던진다. 이래도 괜찮다, 저래도 괜찮다, 너 그렇게 해도 괜찮다, 당연히 그러지 않아도 괜찮다. 끊임없이 괜찮고 싶어서 나는 오늘도 안나에게 전화를 건다. 그러면 나는 조금 더 괜찮은 사람이 된다.

○
　　　　　　　　　　　　　　　　　　니는
　　　　　　　　　　　　　　꽃과 함께 살아라

　여기 누구보다 나의 성공과 행복을 바라는 사람이 있다.
안나. 안나는 이 세상 누구보다 나의 성공과 행복을 바란
다. 진심으로.

　안나가 말하는 나의 유년 시절은 화려하기 짝이 없다.
안나의 말에 따르면, 나는 다섯 살 무렵 리모컨을 마이크
삼아 <립스틱 짙게 바르고>를 구슬프게 부르며 가족들을
놀라게 한 것도 모자라 각종 도롯도(트로트)를 섭렵하며
동네에서 제일가는 인기 스타 역할을 했단다. 나에게는
그러한 기억이 없다. 기억이 나지 않는 것이 득인지 실인
지 잘 모르겠지만, 어떤 날은 그냥 궁금하다. 조그마한 입
술을 모아 구슬프게 '립스틱 짙게 바르고오호호호!'라고
노래하는 나의 어린 시절 모습이. 안나는 '고 어린 것이 어
떻게 가사 하나하나에 감정을 실어 그렇게 구슬프게 노래
를 불렀을꼬.'라고 말하며 아직도 신통방통해 한다. 안나
는 어린 나를 보며 늘 이렇게 말하곤 했단다.

안나 쟈는 커서 뭐라도 된다. 쟈는 뭐가 됐든 된다.

여기서 '쟈'를 맡고 있는 나는 아직 '뭐'도 없다. 이젠 〈립
스틱 짙게 바르고〉를 누구보다 처량하게 감정을 듬뿍 실
어 부를 수 있는 나이가 되었지만, 아직 아무것도 아니다.
동네 인기 스타도 아니다. 나는 가끔 내가 처량하게 느껴
진다. 하지만, 안나는 아직까지 나를 '쟈'의 범위에 넣어 두
었다. 안나는 나를 한 번도 밀어낸 적이 없었다. 누군가의
뜨거운 지지를 받는다는 것은 상반되는 감정을 불러온다.
혼돈의 기쁨, 행복한 슬픔 같은 것을.
   안나가 그림을 그려 준다고 했다. 매번 무언가 떠오를
때마다 미친 듯이 갈기는 용도로 쓰이는 나의 노트와 펜
이 멋쩍게 출격했다. 안나는 탁자에 노트를 펼쳐둔 채, 무
언가 그렸다. 안나가 그림을 그리는 동안, 나는 그림을 그
리는 안나의 모습을 보았다. 안나가 무언가를 그리는 모
습은 처음 보는 것이었다. 나는 이 순간을 오랫동안 담고
싶었고, 오늘 무슨 이야기를 나누든 간에 그 이야기도 꼭
함께 기억하리라 다짐했다. 어쩌면 청승 떠는 것처럼 보
일 수도 있겠지만, 어쩔 수 없었다. 지금은 그럴 수밖에 없
는 시기였다. 모든 것을 기억하고 싶은 시기. 잊는 것이,
놓치는 것이 하나도 없었으면 하는 시기. 그러한 생각 때
문에 더 많은 것을 잊게 되는 시기.

안나가 첫 번째 그림을 완성했다. 첫 번째 그림은 오른쪽을 향해 걷고 있는 뽀글뽀글 짧은 파마를 한 누군가와 가지각색의 참새 네 마리, 걷고 있는 누군가의 손에 연결된 눈이 큰 강아지였다. 그림은 굵은 심의 네임펜으로 그려졌기에 여기저기 번졌어도 확실히 멋있었다. 누군가는 미취학 아동의 그림 아니냐고 물을 수도 있겠지만, 어쨌든 안나만의 확고한 스타일이 있는 그림이었다.

단한 화가님, 그림을 설명해 주시지요.

안나 예, 그러지요. 자, 이것이 뭐냐면. 참새여. 참새가 일
      단 바닥에 떨어진 거를 먹고 있는 거다이.

단한 잘 먹고 다니는 참새네, 크다.

안나 좀 크제. 깃털도 요래 있고, 발도 이래 있고.

단한 맞네. (사람 앞에 있는 뭔가를 짚으며) 이건 뭔데.

안나 너거 집 강아지. 니가 지금 산책시키고 있다.

단한 아, 그럼 이 사람은 내가?

안나 니지. 머리 짧게 잘랐다이가.

안나는 보이는 것을 사실적으로 그릴 줄 아는 화가였다. 실제로 나는 머리가 짧았고, 강아지를 키우고 있었다. 허리까지 오던 머리를 아주 짧게 자른 날, 외할아버지와 외할머니는 나에게 세련됐다며 그 전의 머리보다 훨씬 낫다

는 평을 해 주셨다. 덕분에 따뜻했다. 머리카락이 사라진
뒤통수는 추웠지만.

두 번째 그림은 내가 성공해서 살 집이었다. 무려 기왓
장이 얹어져 있는 옛날 한옥집.

안나 이거는 인쟈, 니가 살 집이라.

단한 내가 사는 집이라고?

안나 그래. 이거는 용마루. 봤제. 이그, 이게 기왓장이다
이. 마이 얹었다. 특별히. 이거는 기왓장 끄트머리에
그 꽃같이 생긴 거, 그 끄트머리에 안 있나, 이런 거
있거든. 잘사는 집에는 이게 있거든. 나중에 다닐 때
기와집 단지 봐라, 그른 거 다 있다.

단한 요즘에는 기와집 보기가 어렵다, 할머니. 그래도 이
게 뭔지는 안다.

안나 그래, 이거는 마리거든. 아니, 그 마루. 마루. 방이 두
개라. 방문 여기 큰 거 중간에 있는 거 열고 들어가
면, 이짜로도 있고 저짜로도 있고.

단한 오, 방이 두 개.

안나 이거는 신 벗는 데. 돌 이래 되가, 이래 신 벗는 곳. 이
거는 신이다.

단한 신이 두 켤레네.

안나 그래, 니 신랑 생기면 신랑하고 니하고 살아라꼬.

단한   그럼 방이 두 개니까 각방 쓰면 되겠네.

안나   무신 소리하노!

단한   나는 결혼 안 할 거라니까!

안나   그라믄 내가 가면 되겠네.

단한   그래, 할무이랑 둘이 살면 되겠네.

  안나는 내가 결혼하지 않고 혼자 살겠다는 말에 쉽게 수
긍하는 편이다. 처음에는 결혼이라는 단어가 행여 우리의
사이를 여러 모습으로 흔들어 놓지는 않을까 두려웠다.
하지만, 그런 일은 일어나지 않았다. 안나는 나의 의견에
전적으로 동의했다. '그래, 속 시끄럽게 결혼하지 말고 혼
자 잘 살아라.'라는 말을 덧붙이며.

안나   이거는 꽃밭에, 화단에, 꽃나무가 서가 있는 거라. 이
       래, 있는데 인쟈 너거 외할아버지가 가 가지고 물 주
       고 있는 거다.

단한   아, 이거 서 있는 사람이 외할아버지가.

안나   그래, 단하이 집에 가서, 이제 꽃에 물 주고. 이거는
       참새, 이거는 참새 새끼. 이거는 꽃. 이거는 풀, 잔디,
       풀이다. 별거 안 그맀다.

단한   이거는 뭔데?

안나   ······이기 뭐고.

단한 할머니가 그렸잖아.

안나 아, 이거는 깨구리가. 뭐고, 아무튼.

안나는 자신만의 스타일로 멈추지 않고 선을 이어가며 그림을 그리지만, 간혹 자기가 뭘 그렸는지 자주 까먹었다.

안나 아무튼, 성공해가 이런 집에서 살아라. 이런 좋은 집
      에서.

단한 그래, 성공할게.

안나 그래, 니 성공하는 거 보고 가야지.

단한 또 그 소리 한다. 그럼 난 또 이 소리를 하지. 난 성공
      안 해!

안나 성공을 왜 안 하노.

단한 성공하면 간다매, 그럼 성공 안 해야지. 나는 절대로
      성공 안 할 거다. 그래야 할머니 오래 살지.

억지다. 투정이다. 쓸데없는 고집이다. 그런 줄 알면서도 안나는 그저 웃는다. 그러면 니나 내나 성공하지 말고 오래오래 살자는 말로 이야기는 끝을 맺는다. 전이랑 똑같은 상황이다. 매번 같은 상황을 반복하면서도 우리는 지겨워하지 않는다. 나는 매번 같은 말과 행동을 몇 번이고 반복해도 지치지 않을 자신이 있다. 옆에 안나가 있다

면 더더욱 그럴 자신이 있다.

한바탕 웃고 나면 한동안은 정적이다. 그림을 보며, 우리는 각자 다른 생각에 빠져든다. 안나는 자신의 그림을 보며 중얼거린다.

안나 이쁘게 그리지도 않았구먼, 뭐 자꾸 이쁘게 그렸다고 하노. 하나도 안 이쁘구먼. 됐다. 그래도, 내가 이만큼 했다는 것이 어디고. 마음먹고 그러면 한다. 나도 한다. 할 수 있다.

나는 내가 외롭지 않게 신을 한 켤레 더 그렸을 안나의 마음을 생각해 본다. 그러다가, 생각하지 않는다. 생각에 너무 깊이 빠져들면 다시 기어 나오기까지 시간이 오래 걸릴 것 같아 관둔다. 그러다 성공에 대해서 생각해 본다. 성공하지 않을 수 있는 방법에 대해서 생각해 본다. 그것은 이미 실천하고 있으니 심각하게 생각할 필요는 없는 것 같다. 그렇다면 성공할 방법에 대해 생각해 본다. 성공하게 된다면, 그렇게 된다면, 그래도 안나에게는 말하지 말아야지. 나만 알고 있어야지.

이십만 원과
십오만 오천 원

나는 세 살 때도 안나에게 용돈을 받았다. 열셋, 스물셋에도 용돈을 받았다. 서른셋인 지금도 용돈을 받고 있다. 드린 적은 거의 없고, 받은 적은 대부분이다.

안나는 나를 볼 때마다 무언가를 챙겨 주고 싶어 한다. 내가 직접 사 들고 간 떡도 예외는 아니다. 하나 맛보시곤 이거 정말 맛있으니 다시 집으로 들고 가서 너 먹으라는 식이다. 나란히 앉아 어느 정도 이야기를 나누다가도 안나는 벌떡 일어나 어딘가로 향한다. 행선지는 두 곳으로 정해져 있다. 부엌과 당신의 방.

부엌에서는 먹을 수 있는 온갖 것들을 꺼내 봉지에 담는다. 안나의 집에서 나는 봉지의 부스럭 소리는 출발선에서 쏘아 올려지는 신호탄의 역할을 한다. 부스럭 소리가 시작되면, 나의 목소리가 따라붙는다.

단한 아무것도 안 가져갈 거야! 안 가져갈 거라고!

의미 없는 외침이다. 아랑곳하지 않고 안나는 무엇인가를 계속해서 담는다. 윗집 아주머니가 주셨다는 파전, 누군가 직접 김장한 김치, 먹어 보니 맛있었다는 바나나, 간편하게 만들어 먹을 수 있는 찌개 키트까지.

단한 할머니, 이런 건 나도 사 먹을 수 있어. 여기 있는 건 제발 할머니 드쇼.
안나 안 묵는다. 안 묵는 거라서 주는 거다.
단한 에헤이! 왜 안 먹노, 챙겨 먹어야지! 그건 넣지 마!
안나 해물 쭐도 모른다. 가져가라, 니나 많이 무라. 많이 먹고 제발 좀 건강해져라.

안나의 눈에 보이는 나는 한없이 여리고, 힘없고, 착하고, 순하고, 바보 같다. 먹을 것을 제때 챙기지 못하고 자주 굶으며, 어쩌다 음식을 먹더라도 깨작거리며 남기기 일쑤라 볼품없다. 자주 아프고, 자주 체하고, 피가 통하지 않는 것처럼 얼굴이 하얗고 금방이라도 쓰러질 것 같다. 그러니 자신이 더 많이 챙겨 줘야 한다고 생각한다. 내가 살아 보니 많이 먹는 것이 좋더라, 좋은 것 많이 먹고, 좋은 거 많이 보고, 좋은 거 많이 듣고 말하면서 사는 것이 좋더라, 하면서. 자꾸만 나를 먹이려 한다. 나를 먹이고, 건강하게 만들어서 남은 생을 꿋꿋하게 살아갈 수 있게 만들고 싶어 한다.

빈손으로 왔어도 금세 한가득 보따리가 채워진다. 안나의 보따리 묶는 솜씨는 완벽하다. 어떻게 이렇게 보자기를 잘 다루냐 물으면 굽이굽이 세월을 거슬러 온 이야기가 흘러나온다. 어렸을 적, 스무 살 차이가 나는 어린 동생을 등에 업고 행상 일을 했을 때부터 단련된 솜씨라 다른 건 다 잊어버려도 이런 것은 잊어버리지 않는다고. 잊어버려야 할 것은 안 잊어버리고, 잊지 않아야 할 것들만 잊어버린다고. 그런데 이미 잊어버린 터라 잊지 않아야 했던 것이 무엇인지 모르겠다고. 그래서 그냥 그렇게 살아간다고. 늙으니까 그런 거라고. 늙는 건 그런 거라고.

부엌에서의 실랑이(매번 내가 진다.)가 끝나면, 방에서 2차 실랑이가 시작된다. 안나는 연기에 능하다. 아니, 능하지 않다. 안나는 독백에 능한 연기자다. 아니다, 방백에 능한 연기자다. 어쩌면 두 가지에 모두 능한 연기자다. 안나는 관객들이 있는 곳에서 관객이 몰라야 할 연기를 한다. 그러고는 아무도 자신의 연기를 알아차리지 못했다고 생각한다. 관객들이 바로 앞에 있었음에도 불구하고. 그러니까 안나의 연극은, 관객이 배우의 연기를 모른 척해 주어야 하는 신개념 연극이다.

안나의 연기는 이모와 엄마가 관객으로 있을 때 빛을 발한다. 일단은 모두가 있는 앞에서 나에게 용돈을 주는 것으로 막이 오른다. 용돈을 주는 이유는 그때그때마다 다르지만, 결국에는 단 하나다. 어디서든 기죽지 말라는 것.

안나 지갑에 현금이 있어야 한다. 요즘에 뭐, 다들 카드 그 쪼매난 거 쓰고 그카지만, 어쨌든 만 원짜리 몇 개라도 가지고 있어야 한다. 니 밥 사 주는 친구들, 니 친구들한테 니도 밥 사고 커피도 한 잔쓱 사고 그래라.
단한 할머니, 나도 커피 사 먹을 돈은 있어. 돈 없으면 안 사 먹으면 되지.

용돈을 다시 건네 보지만, 안나에겐 아무런 말도 통하지 않는다. 안나가 주기로 했으면, 이유를 막론하고 받아야 하는 것이다. 나는 고개를 숙이고 두 손을 내밀어 용돈을 받는다. 부끄럽기 그지없다. 찰나의 순간 오만가지 생각이 다 든다. 내가 애초에 꿈을 좇는다고 연극영화과에 들어가지 않고 빨리 취업 시장에 뛰어들었으면 달라졌을까, 그러면 할머니 아프실 때 4인실, 6인실이 아니라 번듯한 1인실 같은 곳에서 편히 치료받게 해 드릴 수 있지 않았을까. 손에 쥐어지는 종이가 무겁게 느껴진다. 선풍기 바람에도 쉽게 날아갈 색색의 종이가 그저 무겁게 느껴져서 나는 얼른 그것을 주머니에 넣는다. 온 마음이 물에 젖은 듯 축 늘어진다.

이모와 엄마가 보고 있는 곳에서 안나가 나에게 용돈을 주는 것은 순전히 보여 주기 위해서다. 큰소리로 연기를 하는 것이다. 나는 지금 단한이에게 용돈을 주었다는 것을. 주는 용돈은 이걸로 끝이라는 것을. 그리고는 이모와 엄마가 따로 어떤 주제에 관해 이야기할 때 안나는 나를 슬쩍 방으로 부른다. 나를 방으로 부른다는 것을 관객인 이모와 엄마는 알고 있다. 알고 있음에도 모른 척한다. 안나는 이모와 엄마가 이 연극에 한 번도 빠짐 없이 출연한 베테랑 앙상블이라는 것을 간과하고 있다. 안나는 방에서 나에게 몇 번을 꼬깃꼬깃 접은 돈을 건넨다.

단한　이게 뭔데! 아까 줬잖아. 됐다, 할머니, 됐다.
안나　넣어 놔라, 넣어 놔라. 이건 니만 써라, 알았제.
단한　거 참, 할머니. 아까 줬잖아.
안나　아까 준 거는 아까 준 기고, 이거는 니만 쓰라고 주는 거라고. 니만 쓰라고.

　안나는 내가 용돈을 받으면 나를 위해 쓰지 않고 다른 이를 위하여 쓴다고 생각한다. 동생에게 밥을 사 주고, 친구들에게 맥주를 사는 모든 일이 전부 나에게만 일어나는 일이라고 생각하는 것 같다. 그래서, 꼭 두 번째 용돈은 나만 쓰라며, 오로지 나를 위해서만 쓰라고 당부하며 준다.

나는 첫 번째 받은 돈이든, 두 번째 받은 돈이든 쓰고 싶지 않다. 하지만, 상황이 녹록지 않아 매번 안나의 용돈을 꺼내는 것이 애석하다.

안 그래도 무거운 주머니가 또 무거워진다. 안나는 퇴장한다. 나는 방에 홀로 남아 주머니를 만지작거린다. 벽에 붙은 거울에는 활짝 웃는 아홉 살 단한이의 사진이 있다. 사진이 말을 건다. 야, 너 아직도 할머니한테 용돈 받냐. 그러면 나는 답한다. 그래, 뭐, 비웃는 건 아니길 바라. 나도 내가 서른셋까지 용돈을 받을 줄은 몰랐다. 야, 그리고 혹시나 잊었을 것 같아서 말하는 건데 어쨌든 너는 나고 나는 너야, 바보야. 이러는 게 우스워 보이면 네가 어디 오디션이라도 좀 가서 아역 배우 데뷔라도 하든가. 그래서 인생을 좀 바꿔 봐. 그것도 아니라면, 그냥 조용히 해.

필요 이상으로 불룩해진 주머니를 수습하기 위해 나는 방바닥에 앉아 안나가 우악스럽게 집어넣었던 뭉치를 꺼낸다. 오만 원이 세 장. 오천 원이 한 장. 도합 십오만 오천 원. 웃음이 난다. 슬프기도 하고, 귀엽기도 하고, 이상하기도 하고, 화도 난다. 방으로 매번 불러 주머니에 넣어 주었던 돈의 금액은 항상 같았다. 이십만 원. 책도 사고, 글도 좀 많이 읽고, 사람들 많은 곳에 가서 커피도 좀 마시고, 빵도 먹고, 다 해라. 이야기하며 챙겨 주셨던 돈은 매번 이십만 원이었다.

안나는 요즘 예전보다 더 많이 시야가 흐려지기 시작했다. 이번에도 이십만 원을 챙겨 주고 싶었겠지. 그랬겠지. 흐린 시야로 인해 오천 원이 오만 원으로 보였을 것이다. 알고 있다. 나도 그런 적이 있으니까. 술에 만취해서 탄 택시 안에서 현금으로 결제할 때, 내리기 전부터 가방에서 돈을 꺼내 마치 위조지폐를 찾는 것처럼 휙휙 지나가는 가로등 불빛에 대고 이거 천 원 맞지, 이거 만 원 아니지, 헐, 이거 만 원이네, 냈으면 큰일 날 뻔했네, 했던 적이 많았으니까. 그래, 이해할 수 있다. 하지만, 하지만.

지금 괜히 이 상황을 무겁게 만들지 않으려고 나름 웃긴 이야기를 꺼냈는데, 하나도 웃기지 않다. 오히려 화가 난다. 사만 오천 원이 빠져서 화가 나는 것이 아니다. 오만 원권 사이에 오만 원인 척하며 자리하고 있는 오천 원의 천연덕스러움이 너무 밉고 화나서 그런 것이다. 나는 잠시, 아주 찔끔 울었다.

연극의 무대에 홀로 남은 나는 어떤 식으로 퇴장을 해야 할지 고민에 빠진다. 눈물을 닦고 발랄하게 퇴장할 것인가. 엉엉 울며 엎어져 조명이 어두워질 때까지 기다릴 것인가. 하지만, 어떻게 하여도 결국은 새드엔딩이다. 그것이 가까워 온다는 것은 부정할 수 없는 사실이었다.

죽 먹어도
고기 먹은 것처럼

매일 정해진 시간에 집을 나서 공원에 도착한다. 중심에 연못을 둔 공원은 연못 주변의 산책길을 깔끔히 조성해 놓았기에 생각이 많을 때 천천히 걷기 좋다. 나는 대부분, 연못을 두 바퀴 반 정도 걷거나 뛰었다. 주로 노래를 들으며 걷는 일이 많았다. 산책길은 반으로 정확히 갈라 연못과 가까운 쪽은 사람이, 연못과 먼 쪽은 자전거가 다닐 수 있었다. 지금은 자전거가 있지만, 자전거가 없었을 무렵에는 연못을 항상 내 왼편에 둔 채 걸었다. 매번 노래를 들으며 걸었지만, 듣고 싶은 노래가 없으면 주변 소리를 들었고, 그마저도 듣기 싫을 땐 귀를 막고 걸었다.

공원을 걷는 사람들은 제각각이지만, 나는 유독 할머니들과 자주 마주친다. 그들은 자연스럽게 안나를 떠올리게 한다. 그들은 잘도 걷는다. 그들은 자신만의 보폭으로 걷다가 자신이 쉬고 싶을 때 곳곳에 위치한 정자에 앉고 힘찬 목소리로 수다를 떨며 다음에 만날 약속을 잡는다. 운

동기구를 움직이면서도 운동 이야기를 하고, 몸에 좋은 음식에 대한 정보를 나누며, 어제 본 드라마의 스토리에 관한 평을 늘어놓는다.

나는 그들을 본체만체하며 지나친다. 아니다, 거짓말이다. 나는 그들을 유심히 보며 지나친다. 그러니 그들이 가볍게 나누는 대화의 맥락을 모두 기억할 수 있는 것이다. 나는 그들을 보며 안나를 떠올린다. 날이 갈수록 행동반경이 더욱 좁아지는 안나를. 저들처럼 두 팔을 앞뒤로 마구 흔들고 보폭을 크게 하며 헛둘헛둘 힘차게 나아가는 것이 아니라, 아주 작고 좁고 조심스러운 보폭으로 겨우 거실과 부엌을 오가는 안나를. 해가 지며 곳곳에 뿌려지는, 너무나 자연스러워 오히려 인위적인 붉은 노을의 빛이 아니라 사각형 안에 갇힌 늘 똑같은 빛만 보는 안나를.

그러면 화가 나는 것이다. 안나는 왜 아플까? 분명히 건강했는데. 왜 안나는 자꾸만 아파지고 있을까? 왜 안나는 괜찮아질 듯하면서도 다시 빠르게 나빠지는 걸까? 왜 안나는 자꾸만 모든 것을 체념한 것 같은 말을 할까? 나한테는 씩씩하게 모든 것에 굳건히 맞서라고 이야기해 놓고, 자기는 왜 자꾸 한 발자국 물러나는 것 같이 행동할까. 왜 안나는 고생만 하는 걸까? 나는 이제야 겨우 나를 알아가는 중인데. 그래서 이제야 겨우 내가 뭘 하고 싶은지를 대충 눈치채고, 과거를 수습하며 새로운 시작을 해 보려 하는데.

안나는 아무것도 궁금하지 않은 것처럼 느껴진다. 느긋하게, 그때까지 기다리지 않아도 다 안다는 듯이. 마치 성공한 나를 보고 온 것처럼 말한다. 그래서일까. 요즘 들어 자꾸만 갈 때가 되었다고 말하는 것이 더욱 듣기 싫다.

죽음은 어둡다. 까맣다. 정전이 된 방 같다. 정전은 예고 없이 온다. 어렸을 적 살았던 아파트는 한 번씩 정전이 되곤 했다. 나는 방에서 신나게 컴퓨터 게임을 하다가 갑자기 귀가 멍해질 정도의 어둠이 내려앉으면 곧장 엄마가 있는 방으로 달려가 그녀의 품에 안겨 다시 모든 것이 빛을 찾을 때까지 눈을 감고 있곤 했다. 정전은 소리마저도 앗아 가는 느낌이다. 시끄럽던 모든 것이 일제히 입을 다문다.

나는 어둠 속에서 온전히 혼자임을 느꼈다. 그러므로, 사람을 찾아 뛰었다. 문과 문지방이 어디쯤 있는지 알면서도 어두운 곳에선 곧잘 그것과 부딪히곤 했다. 아프고, 무서운 시간. 가만히 한 곳을 노려보면 어둠은 겨우 한 발자국 물러선다. 아주 천천히 곳곳의 사물이 흐릿하게 보인다. 책상, 의자, 소파, 문, 문지방. 바뀐 것은 없다. 익숙해지면 어둠에서도 무언가를 볼 수 있다.

하지만, 나는 익숙해지지 못한다. 익숙한 것은 없다. 익숙해지지 않는 어둠. 익숙해지지 않는 이별. 언젠가 또 정전이 시작되면 나는 또 놀랄 것이고 나는 또 부딪히고 넘어지고 아플 것이다. 익숙해졌다고 착각하는 순간 넘어지게 될 것이다. 누구나 그럴 것이다. 바람이 많이 불었다. 몸이 흔들릴 정도는 아니다. 나는 아직 버틸 힘이 있었다. 연못 위에 있는 연잎들이 바람에 흔들렸다. 안나가 해 준 말이 생각난다. 모든 것은 흔들리는 것들이 키운다는 말. 바람, 감정, 흔들리는 모든 것이. 안나는 매일 나와 전화를 할 때마다 당부한다. 기죽지 말라고.

안나 어디서든 기죽지 마라. 죽만 먹어도, 아니 죽도 못 먹었어도 고기 먹은 것처럼 행동해라. 며칠 죽만 먹었어도 남들이 봤을 때, 고기 먹은 것처럼 느껴지게 이도 좀 쑤시고, 힘 팍팍 내야 한다.

안나는 자신을 무식하다고 표현한다. 무식한 할머니라 해 줄 수 있는 말이 별로 없다고 한다. 개똥같이 말해도 찰떡같이 알아듣는 건 네 몫이니 네가 알아서 잘 들으라 말한다. 나는 안나가 무슨 말을 하고 싶은지 안다. 무슨 말을 하려다가 하지 않는지도 안다.

안나 잘해 보려 하는 노력은 뭐든 좋다. 다만 그렇지 않은 것에 쏟는 노력과 마음과 힘은 아껴라.

안나는 무식하지 않다. 나는 안나보다 똑똑한 사람을 본

적이 없다. 안나는 나에게 꼭 필요한 이야기를 해 준다. 안나는 살아오며 마주하게 되는 모든 것을 온몸으로 부딪치며 습득했다. 오로지 자신만의 방법으로. 안나는 싱거운 음식을 짜게 만들 줄 알고, 짠 음식을 싱겁게 만들 줄 안다. 안나는 외할아버지가 남기고 간 모든 식물을 싱그럽게 키워 낸다. 어떻게 다 죽어 가는 나무를 죄다 살릴 수 있었냐고 물으면 안나는 아무렇지 않게 답하곤 했다. 그냥, 물을 주고 잘 크라고 말해 줬을 뿐이라고.

안나는 가끔 자신이 모르는 것이 없다는 말을 하기도 한다. 살면서 워낙에 이것저것 다 겪다 보니, 웬만한 것은 다 알고 있다는 뜻이었다. 그러던 안나가 죽음에 대해선 모호한 태도를 취한다. 잘 모르겠단다. 별생각이 없단다. 할 만큼 했으니 이제 그것을 만날 때도 되지 않았냐는 말을 한다. 외할아버지를 먼저 보낸 안나. 안나는 그때 외할아버지께 '먼저 가 있으소, 곧 따라갈 텡게.'라고 말했다.

안나는 죽음에 대해서는 별로 알고 싶지 않고 알아도 달라질 것이 없을 거라고 한다. 저절로 알게 될 것이니 그리 다급한 마음도 들지 않는단다. 때가 되면 자연스레 알 수 있을 거라고, 온몸으로 부딪치며 생을 살아왔던 것처럼 마지막까지 온몸으로 부딪쳐 볼 것이라고 말한다. 안나는 그러면서 천진난만하게 웃었다. 겁이란 건 가까이해 본 적 없는 사람처럼. 정말로 천진난만하고, 호탕하게 웃었다.

니는 절대로
결혼할 생각일랑 마라

○

안나가 나에게 요즘 만나고 있는 사람이 있냐고 물었다.
참으로 오랜만에 들어 보는 질문이었다. 만나는 사람이
있냐고 물어 오는 안나의 눈에는 별 기대감이 없다. 나는
매번 안나가 이렇게 물어 올 때마다 없다고 말했으므로,
지금도 없다고 말했다. 이 대답은, 내가 별 이상한 놈을 만
나고 다니는 것은 아닐까 싶어 잔뜩 찌푸린 안나의 미간
을 풀어 주기 위해 뱉는 거짓말이 아니다. 나는 정말 만나
는 사람이 없으므로, 없다고 말할 뿐이다.

내가 정말로, 여태 서른셋이 되는 동안 만나는 사람이
하나도 없었던 것은 아니다. 나는 간간이 사람을 만나 왔
고, 이별의 아픔도 겪었다. 이해가 전혀 되지 않는 족속을
만나기도 하고, 또 다른 나를 만나는 것처럼 나와 너무 닮
은 사람과 만나 보기도 했다. 그것은 그것대로 문제였다.
처음에는 나와 닮은 사람을 만나는 것이 좋았다. 굳이 어
떤 노력을 하지 않아도, 하나부터 열까지 딱 맞았기 때문

에 앞으로도 어떤 일이든 함께 이겨 낼 수 있을 것 같았다. 그런데 아니었다. 나와 너무 닮은 사람과는 자주 싸우게 마련이다. 자주 싸우고, 자주 서로를 이해하지 못하고, 자주 멀어진다. 나는 나와 수없이 헤어지곤 했다.

사람과 사람이 만나게 되면 감정의 부딪힘이 일어난다. 그것은 당연한 일이다. 연인뿐만 아니라, 친구 사이, 혹은 형제, 가족들끼리도 감정의 부딪힘은 늘 일어나게 마련이다.

나는 모든 감정싸움에서 늘 패배자였다. 감정으로 하는 싸움은 나에게 너무나 버거웠다. 부딪치고, 싸우고, 속상하고, 울고, 다시 화를 냈다가, 허탈해지는 모든 과정은 나에게 오로지 상처만을 남길 뿐이었다. 무언가를 깨닫거나 개운해지는 과정이 하나도 없었다. 오로지 감정이 소모될 뿐이었다. 남아서 다른 동력으로 쓰여야 할 감정이 쉬지 않고 몰아치고 나면, 나는 금세 나가떨어졌다. 나는 말을 조리 있게 잘하는 성격이 되지 못할 뿐만 아니라, 어쩌면 이해심이 좁아 쩨쩨하고, 어쩌면 바라는 게 많아 철이 없기도 하다. 그래서일까. 시작도 전에 먼저 주저앉곤 했다. 감정이 이렇게 쓰이는 것이 너무나 싫었다.

나는 사랑만 있으면 뭐든 다 괜찮다고 생각하는 사람이다. 하지만, 나의 사랑에 관해 어떤 이들은 지독하고 추잡하다고 했고 어떤 이들은 어떤 식으로든 내가 손해 볼 장사라고 이야기하곤 했다. 나는 그럴 때마다 입을 삐죽였다. 사랑을 장사에 비유하다니, 너무한 거 아닌가 생각하면서.

나는 사랑이 모든 것을 구원할 수 있다고 믿는다. 여자가 여자를, 남자가 남자를, 여자가 남자를, 남자가 여자를 일으킬 수 있다고 믿는다. 사랑은 사람에만 속하는 것이 아니라, 식물이나 동물에게도 힘을 발휘할 수 있다. 하다 못해 이름이 있는 모든 것들은 사랑의 구원을 받을 자격이 충분하다고, 나는 그렇게 생각한다. 그것은 엎어진 것을 일으켜 세울 수 있고, 우는 것을 달랠 수 있으며, 떨고 있는 것을 끌어안을 힘이다.

삼포 세대라는 말을 들었다. 연애와 결혼과 출산을 포기한 자들을 일컫는 말이다. 연애와 결혼과 출산. 발음은 다르지만 하나의 같은 뜻을 갖고 있는 것 같은 느낌이 드는 것은 왜일까. 물론, 이런 것들이 꼭 힘든 것만은 아닐 테다. 내 주변만 보더라도 연애와 결혼과 출산을 자신들의 방식으로 잘 이어나가고 있는 짝들이 많다. 분명 그들끼리도 아픔이 있을 것이고, 남들에게는 보이지 않는 어떠한 고인 것들이 있을 것이다. 그러므로 그들은 그런 것들을 뒷문으로 잘 흘려 보내는 방법을 알고 있는 사람들일 것이다. 그러한 방법을 잘 알고 있는 사람들이, 나는 감정을 잘 조절할 수 있는 사람들이 너무나 부럽다. 나는 매번 허덕이기 때문에 그렇지 않고 숨을 잘 고르는 사람이 부럽다.

나는 언제나 도망칠 수 있는 경로를 미리 파악해 놓는 사람이었다. 연애에 있어서는 늘 그랬다. 열렬히 사랑하는 것처럼 보이지만, 신경은 온통 그의 뒤에 있는 비상구에 향해 있던. 내가 좋아하는 것에 대해선 제대로 이야기하지 못하고, 상대가 좋아하는 것에 대해서만 알려고 했던. 그러면서 나의 모든 것을 그에게 맞춰 나도 그가 좋아하는 하나의 무엇이 되고 싶어 했던. 사랑을 하면서 당연히 겪을 수밖에 없는 지독한 증상이지만, 나는 그 증상이 매번 버거웠고, 부담스러웠고, 끝끝내 부작용을 앓는 타입이었다.

그래서 내가 선택한 방법은 잠시 거리를 두는 것이었다. 나는 연애와 꽤 오랜 시간, 거리를 두고 있다. 다행스럽게도 내 주변에는 연애와 결혼과 출산을 종용하는 사람들이 없으며, 친구들은 자신들의 연애와 결혼과 출산을 순서대로 잘 이어 나가고 있다. 나는 그들을 진심을 다하여 축복한다. 사랑을 하는 친구들은 예쁘다. 나는 그들이 아프지 말았으면 하는 마음으로 힘껏 박수를 친다. 앞으로도 열렬한 사랑의 퀘스트를 깨기 위해 나설 친구들을 위하여.

안나는 나더러 결혼할 생각일랑 말라고 했다. 나는 그 말이 너무나 우스워 듣자마자 깔깔 웃었다. 내가 숨이 넘어갈 정도로 웃는 것을 보며 안나는 대체 어느 부분이 웃긴 것이냐고 물어 왔다.

단한 아니, 그렇잖아. 다른 사람들은 다 결혼하라고 난리
     인데. 왜 할머니는 나보고 결혼하지 말라고 해?

안나 좋은 사람이 있으면은 결혼을 하면 되지. 아예 하지
     말라는 말이 아니지.

단한 좋은 사람이 있을까.

안나 언젠가 나타날지도 모르지. 너무 닫고 있지는 마라.

단한 별로 기다리고 싶지 않은데.

안나 그래, 그럼 고마 하지 마라! 결혼 같은 거는 안 하면
     안 할수록 좋다. 니는 니 하고 싶은 거 하면서 돈 많
     이 벌면서 살아라, 그기 최고다.

 안나는 나를 설득할 생각이 없다. 아니, 안나가 왜 나를
설득하겠는가. 결혼을 하지 않는다고 해서? 연애를 하지
않는다고 해서? 출산을 하지 않겠다고 해서? 안나는 나
에게 하기 싫으면 하지 말라는 말을 줄곧 한다. 하지 말라
는 말이 이렇게나 다정하게 들릴 줄이야. '때리치아뿌라!'
라고 안나가 외치는 말은 해리포터에 등장하는 어떤 마법
주문과도 같게 느껴진다. 하필 발음도 그렇다. 때리치아
뿌라! 아주 강력한 주문인 것 같다.

 지금 내 나이는 결혼은 언제 하냐, 할 사람은 있나, 할
마음이 있나 등등의 질문을 하루에도 몇 번씩 받아야 할
시기다. 하지만, 안나는 나에게 그런 질문을 하지 않았다.

나는 어느 날, 안나에게 왜 그런 걸 묻지 않느냐고 물었다. 안나가 말했다.

안나 내가 물어서 뭐 하노.
단한 왜? 내 친구들 할머니들은 죽기 전에 꼭 손주 봤으면 좋겠다고 그러면서 빨리 결혼하라고 그런다더라. 다들 그렇게나 바라신대. 할머니는 안 그래?
안나 내가 바라는 건 딱 하나다.
단한 뭔데?
안나 니 행복.

　안나는 나의 행복을 바란다. 좋은 사람을 만나서 결혼을 하고, 안정적인 가정을 꾸리며 사는 행복이 아니라, 홀로 하고 싶은 거 다 하고, 먹고 싶은 거 다 먹으면서, 매일매일 사춘기를 겪는 독립적인 나의 행복을 바란다. 그저 '나'의 행복을 바라는 것이다.
　순전히 어떤 한 사람의 행복을 바라게 되면, 모든 이야기는 맥락이 달라진다. 연애, 사랑, 결혼, 출산 모두 좋지. 그런데 그게 너에게 불행이라면 굳이 하지는 마. 남들이 다 좋다고 해서, 너에게도 좋은 것만은 아니야. 피할 수 있으면 피해. 하고 싶지 않으면 하지 마. 대신 너무 마음을 꽉 닫아 놓지는 마. 안나는 끊임없이 나에게 속삭인다. 안나가 속삭이는 것 같기도 하고, 때로는 내가 나에게 속삭이는 것 같기도 하다.

받을 줄 아는 사람이 베풀 줄도 안다. 나는 베푸는 사람이 되고 싶다. 그러기 위해선 잘 받아들일 줄 알아야 한다. 하지만, 아직까지는 그것이 버겁기에 나는 천천히, 일단 나 자신부터 제대로 사랑한 후에 다음 사랑을 이어가려 한다. 약간은 막막하다. 마치, 여름방학 때 써야 하는 일기를 잔뜩 밀린 느낌이 든다. 답이 없는 느낌이랄까.

요즘에는 착하다는
소리가 욕이야

안나는 내가 착해서 큰일이라고 했다. 착하다는 말에 은근한 강박이 있는 내가 말했다. 요즘 세상에서 착하다는 말이 그리 좋은 뜻만은 아닌 것 같아. 조금 애매하게 쓰이는 것 같아. 그냥 바보 같음을 뭉뚱그려서 착하다고 말하는 것 같아. 내 말에 안나는 어깨를 으쓱이며 말했다. 원래 그런 뜻으로 쓰이는 거 아니냐고. 착하다는 것은 답답한 것, 배려가 너무 많은 것, 그러면서 자기 속 썩어 문드러지는 것도 모르는 것을 뜻하기도 하니 착하다는 말이 바보와 비슷한 뜻으로 쓰이는 건 어쩔 수 없지 않냐는 말도 덧붙였다. 하지만, 잠시 뒤 안나는 말을 바꿨다. 안나는 착하다는 말이 내가 생각하는 것처럼 그저 욕인 것은 아니랬다.

착한 것은 무언가를 초월한 것. 위에서 내려다보는 것이라는 표현도 했다. 무슨 뜻인지 정확하게 알아듣지는 못했지만, 어쨌든 안나가 그렇게 말하니 정말 그런 것 같았다.

나는 어렸을 때부터 착하다는 소리를 많이 들었다. 자랑이 아니라, 정말 그랬다. 애는 착해. 쟤 착해서 그래…….
칭찬인지 비꼬는 말인지 모를 '착하다.'라는 소리를 어렸
을 때부터 지금까지 들어왔느냐고 묻는다면, 그렇다고 답
할 수 있겠다. 착하다는 소리를 듣고자 굳이 어떤 행동을
공들여서 한 적은 없다. 나는, 그저, 그냥, 언젠가부터, 자
연스레, 착한 아이였다.

착하다는 말을 검색해 보면 언행이나 마음씨가 곱고 바
르며 상냥하다는 뜻이 튀어나온다. 그렇다면, 나는 언행
이나 마음씨가 곱고 바르며 상냥한가? 음, 잘 모르겠다.
그러면 언행이나 마음씨를 곱고 바르며 상냥하게 쓰려고
노력했던가. 그것도 잘 모르겠다. 곱고 바르며 상냥한 것
은 어렵고 멀게만 느껴진다. 그러면, 나는 억지로 착하지
않으려 노력했던가. 그것도 아니다. 나는, 그냥, 언젠가부
터, 나도 모르게, 자연스레, 착한 아이였을 뿐이다.

나는 아이가 없고, 키우는 강아지가 있으니 강아지에 상
황을 대입해 보겠다. 내가 강아지를 향해 착하다고 말을
하는 건 언제일까. 나에게 내내 장난을 걸다 지쳐 곤히 잠
든 모습을 볼 때, 던진 장난감을 다시 가지고 올 때, 간식이
나 사료를 다 먹었을 때, 목욕하고 털을 말릴 때, 낯선 소리
에 왕창 짖을 때……. 음. 여태 쓴 말을 다시 풀어서 보면
이렇다. 장난을 치다 지쳐 곤히 잠들어 이제 좀 책 한 장
마음 편히 읽을 수 있을 시간이 나에게 주어졌을 때, 던진

장난감을 물어오는 귀여움에 반했을 때, 남은 간식이나 사료를 버릴 일이 없게 다 먹었을 때, 목욕하고 털을 말릴 때 제발 신경질을 내지 않았으면 하는 마음으로 강아지를 달랠 때, 낯선 소리에 왕창 짖는 강아지 귀에 대고 제발, 착하지, 착하지, 너 자꾸 짖으면 나 쫓겨나, 할 때…… 음.

착하다는 말은 결국 네가 착하게 굴었으면 한단 말이 내포된 것일까. 아니면, 착하지, 착하지 계속 말을 하면 결국 그 말을 들은 무언가가 진짜 착해질 수밖에 없기에 그것을 이용하는 것일까. 내 생각에는 둘 다 맞기도 하고, 둘 다 아닌 것 같기도 하고, 둘 중에 하나만 맞는 것 같기도 하다.

나로 말할 것 같으면 후자의 영향을 많이 받은 몸일 것이다. 그러니까 원래는 착한 아이가 아닌데 커가면서 착하지 않으면 안 되는 아이가 된 거지. 다시 말해 착할 수밖에 없는 아이, 청소년, 성인이 되었다고 볼 수 있겠다.

나는 착해서 손해를 많이 본 사람인가? 완전히 그렇다. 나는 '아니, 나 안 착한데.'라는 말이 먹히지 않는 사람이다. 나를 한 번 본 사람은 나더러 착하다는 표현을 쓴다. 걔, 착하더라. 나를 두 번 본 사람도 나더러 착하다는 표현을 쓴다. 걔, 착하던데. 나를 여러 번 본 사람은 나더러 착하다는 표현을 쓰며 이렇게 덧붙인다. 네가 바보같이 착해서 그런 거야. 왜 착하기만 해. 다 네가 착한 거 알고 그런 거야.

착한 것은 바보 같다는 것과 일맥상통하는 뜻을 가진 것일까? 글쎄. 바보 같다는 것은 무엇일까. 아주 쉬운 수학 문제를 풀지 못한다는 뜻일까, 아니면 세상의 이치를 모른다는 뜻일까. 아무튼 남들이 다 아는 것을 모르면 바보가 되는 것일까. 그 사람은 그 사람 나름대로 남들이 모르는 것을 알고 있을 수도 있잖아. 그냥 절대다수에 의해 그렇게 바보가 되어 버리는 걸까. 나는 그럼 착한 걸까, 바보인 걸까.

착하기만 한 것은 무엇일까? 글쎄. 그냥 한없이 착하기만 하다는 걸까. 언행이나 마음씨가 곱고 바르며 상냥하다는 뜻일까, 아니면 번거로운 질문을 하지 않아서, 그냥 시키는 대로 가만히 있어서, 때가 되면 조용히 잠을 자서 착하다는 것일까.

다 내가 착한 거 알고 그런 거라는 말은 내가 착했기에 그런 일이 일어났다고 해석할 수밖에 없다. 화살을 나에게로 돌리는 이야기다. 나쁘지 않고 착해 버렸으므로, 착하지 아니할 수 없어서, 그래서 너무 착한 나머지, 착하고 말았기에, 그들이 주는 불덩이를 내려놓지도 못하고 가슴에 얹어놓았던 걸까. 나는 착하고 싶은가? 아니, 그렇지 않다. 나는 착하게 살았던가? 아니, 그렇지도 않다. 그럼 나는 이제부터라도 착하게 살고 싶은가? 아니, 안 착하고 싶다.

부당한 일을 당해도 부당하다고 말하지 못하고 숨어 있

고, 누군가 상처를 받는 모습을 보면서도 절대다수에 이끌려 모른 척하고, 그저 살아남기 위해 입을 꾹 다물며, 나보다 남을 먼저 위하며 나의 안위는 안중에도 없는, 내 속이 썩어 들어가는 줄 모르고 남을 보며 미소를 보내며, 남이 하지 말라는 짓은 절대 하지 않고, 남의 눈치를 보고, 그저 남들에게 좋은 평을 듣고 싶어 나의 의견은 내세우지 못한 채 밤새 끙끙 앓고, 남이 아무렇게나 뱉는 말에 상처받지만 상처받지 않은 척하며, 남이 들이미는 잣대에 나를 맞춰가며 반박 한 번 못하고, 나의 아픔과 비밀에 대해 쉽게 이야기하고 나에 대한 평을 아무렇지 않게 하는 사람들 앞에서도 고작 그들의 면면을 생각해 입도 못 꺼내는 것이 모두가 말하는 착한 것이라면. 나는 안 할란다.

그런 것이 착한 것에 속한다면 이제 안 그러고 싶고 안 착하고 싶다. 나는 이제부터라도 더 안 착하기 위해 꾸준히 노력할 것이다. 나의 말에 안나는 그저 웃는다. 그게 한순간에 되는 것이 아니라는 말과 함께, 이렇게 말한다.

안나 착해도 좋고, 안 착해도 좋고, 바보 같아도 좋고, 다
      좋으니까 기만 죽지 마라. 기죽지 말고 살아라.

안나는 세상에는 분명 착함이 필요하고, 착한 사람이 필요하다고 말한다. 자처하진 않았지만 어쩔 수 없는 캐릭

터의 성질을 부여받은 이상 누군가는 이 세상이란 무대에서 착한 사람으로 살아갈 수밖에 없다고. 착한 사람에도 여러 종류가 있으니, 가끔은 바보도 되어 보고, 가끔은 천지 무식한 사람도 되어 보고, 또 가끔은 누구도 얕보지 못하게 어깨를 딱 펴면서 착하게 살아 보자고, 안나는 이야기한다. 그러다가 또 여태 했던 모든 말을 뒤집는 말을 뱉어 버린다.

안나 됐다! 착하게 사는 기 무신 소용이고, 누가 상 주는 것도 아이고. 됐다, 고마. 그냥 안 차카게 살자! 안 차카게 살자!

　나는 안나와 더불어 '안 차카게 살자!'라고 외치며 만세 삼창을 외친다. 만세 삼창이 끝나면 우리는 또 착한 사람들로 돌아갈 것이다.

나는 서른이
대단한 나이라고 생각했어

서른이 되기를 고대했다. 서른이 되면 거짓말처럼 모든 걱정이 눈이 녹듯 사르르 흔적도 없이 사라지리라 생각했다. 어릴 때 우러러보는 나이 중에는 서른이 가장 그럴싸하게 느껴졌다. 서른이 되면, 마음에 묻어 두었던 온갖 말이 다 튀어나와도 괜찮을 듯했다. 능숙한 언변과 여유로운 태도로 이미 엎질러진 말을 스스로 주워 담을 힘이 있을 것 같았다. 서른은 나에게 그런 나이였다. 서른이 되면, 다 괜찮아질 것이라 생각했다.

하지만, 그런 일은 일어나지 않았다. 정말 안타깝게도 서른은 서른일 뿐이었다. 나는 급기야 실망이라는 것을 하고 만다. 흔히 아홉수라 부르는 스물아홉이 너무 힘들었기 때문일까. 나도 모르게 서른에 대해 은근한 기대를 했나 보다. 앞자리가 3으로 바뀌게 되는 순간, 나를 끈질기게 괴롭혔던 모든 것들이 '자! 수고하셨습니다! 김단한은 이제 서른이기 때문에 우리가 괴롭힐 상대가 안 됩니다. 이십

대의 우환은 모두 물러갑시다!'라고 외치며 사라질 것이라 생각했는데. 그런 일은 일어나지 않았다. 서른은 그냥 서른일 뿐이었다. 아픔과 슬픔과 각종 괴로움과 분노와 허망함은 그대로 남아 있었다. 똑같은 모습으로.

단한 할머니, 나 이제 서른이야.

안나 하이고.

단한 왜 하이고야.

안나 아주 젊다. 아주 젊어. 뭐든 할 수 있는 나이잖아.

단한 아무것도 못 할 것 같은 나이인데. 너무 늦은 것 같아, 모든 것이.

안나 왜 그렇게 생각하노?

단한 뭐가 없어. 왜 이렇게 뭐가 없어?

안나 뭐가 있어야 한다고 생각하는데?

그러게, 뭐가 있어야 한다고 생각했을까. 왜 있어야 한다고 생각했을까. 이제 막 성인이 되었을 때를 기억한다. 늘 똑같이 뜨고 지는 해인데, 그날만은 유독 오묘했던 순간. 성인이라니. 내가 성인이라니. 들뜬 마음. 뭐든지 다 할 수 있을 것만 같고, 내가 마음먹은 그대로 모든 것이 행해질 것이라는 생각이 온몸을 휘감았던, 이제 막 성인이 된 아직 어린 나의 모습. 서른이 되어서도 그런 것을 바랐던 걸까. 이십 대를 큰 탈 없이 잘 보냈다는 이유로 서른에 어떤 보상을 바랐던 걸까. 조금 더 큰 느낌, 조금 더 성장한 느낌, 여태 휩쓸려 다니던 슬픔이나 어떤 것들에게 큰소리를 떵떵거릴 수 있는 그런 힘을, 든든함을 바랐던 걸까.

서른이 되면 정말 대단한 무엇이 될 것이라고 생각했는데. 놀랍게도, 기다리던 서른이 되어도 아무렇지 않았다.

단한　아무렇지도 않다.
안나　그기 정상이다.
단한　정상이라고?
안나　그래. 나이 물 때마다 난리 부르스를 치면 되겠나. 담담하게 받아들이야지.
단한　난리 부르스를 친다는 말은 아니었는데…….
안나　……뭔가 쪼매 달라진 건 있을 끼다. 아예 없진 않을 끼다.
단한　뭐가 달라졌을까?
안나　그건 살아가면서 알아채야지. 쉽게 알려 주는 줄 아나. 니가 알아차려야지. 니가 몬 알아차리면, 아무도 모른다.

안나는 말했다. 아픔과 슬픔과 분노와 어쩔 수 없음은 늘 삶에 도사리고 있다고. 그건 내가 한 살 때도 있었고,

두 살 때도 있었고, 열 몇 살에도 있었다고. 각각의 방법으로 내가 잘 견뎌 온 덕분에 지금 이렇게 건강히 여기 있는 것이라고. 누가 알려 줄 수 있는 것도 아니고, 이미 그 길을 간 사람들이 있다고 해도 길을 가는 방법은 각자 다르니 그것은 온전히 나의 힘으로 알아내야 한다고. 그때그때 방향을 잘 선택할 힘을 매일 기르고 있어야 한다고. 앞으로도 정신 똑바로 차리고 살라고.

단한   내가 알아차리지 않으면 아무도 모른다. 다른 누군가
       가 알려 주는 것이 절대 아니다.

　잠이 오지 않는 날마다 안나의 말을 중얼거렸다.
　나는 안나에게 줄곧 이런 말을 했었다. 할머니, 나 서른이 되면 말이야. 내 마음에 상처를 줬던 이에게 찾아가서 윽박지를 거야. 그때 왜 그랬냐고. 서른은 대단한 나이일 테니 그럴 수 있지 않을까? 사과받을 수 있지 않을까? 내 말에 안나가 뭐라고 답했더라. 그저 웃었던 것 같기도 하고, 약간은 험상궂은 표정으로 누가 니한테 잘못했나, 물었던 것 같기도 하다.
　안나는 늘 나에게 참지 말고 모든 것을 쏟아부으라 했다. 나는 쏟아부을 것이 없다고 생각했는데, 안나에게 그런 말을 들으면 갑자기 마음이 출렁이는 느낌을 받곤 했

다. 마음에 담아 둔 것들이 많아서 그런가. 뭐든 다 마음에 담아 둬서 그런가. 안나의 한 마디면 마음의 바다는 잔잔하다가도 해일을 일으켰다.

안나는 가끔 나를 보며 불쌍하단 말을 했다. 안나가 말하는 불쌍함에는 다양한 것이 있었지만, 나는 그 깊이를 가늠하기 어려웠다. 대충 이해하는 바로는 착해서 다 양보하고, 착해서 뭐 제대로 하지도 못하고, 착해서 마음에 상처만 얻고, 착해서 약하고 등등이 있겠다. 어렸을 때부터 고생을 했다는데 나는 내 어렸을 때의 고생은 생각나지 않는다. 무슨 고생을 했건 간에 안나처럼 기억해 주는 사람이 있으니 그걸로 되었다고 생각했다.

서른이 되고 얼마 지나지 않아 나는 그토록 받고 싶던 사과를 받았다. 강요한 사과가 아니었다. 그는 사과를 전하며 울었다. 나는 그저 갑작스레 온 전화를 끊지도 못하고 멍하게 있었다. 사과를 전하는 이는 속이 후련하도록 울었다. 정작 울고 싶은 것은 나였는데 나는 울지도 못하고 사과를 받아 주었다. 그가 나에게 사과를 했으면 좋겠어. 정말이지 미안하다고 딱 한 마디만 해 주었으면 좋겠어. 매번 생각했던 일이었다. 그런데 막상 그 말을 들었는데도 아무렇지 않았다. 벼르고 벼르던 일이 일어났음에도 불구하고 아무렇지 않았다. 세상이 무너지거나, 사과를 가만히 듣던 내가 웃거나, 생각해 보니까 미안하지? 등의 너스레를 떨거나 그날의 기분에 따라서 사과를 받지 않거나, 사과를 들으며 그래, 그때 왜 그랬어! 내가 얼마나 힘들었는데! 소리를 친다거나 엉엉 울지 않았다. 나는 되려 우는 이를 달랬다. 달래면서 생각했다. 스물에 생각한 것과 들어맞는 것이 하나도 없는 나이가 서른인 것 같다고. 서른이 되어도 나는 결국 나였다.

안나는 서른을 기대하고 있는 나에게 이런 말을 던졌었다.

안나 그래, 뭐. 해 볼 수 있으면 해 봐라, 한번. 그기 쉽나. 세상만사 쉬운 거 하나도 없다. 서른은 아직 어린 나이다. 니가 생각하는 것처럼 그리 많은 나이가 아니다. 늦은 나이도 아니고. 찬찬히 커 가는 나이다.

해 볼 수 있으면 해 보란 말은 나를 놀리는 말이 아니었다. 안나의 말이 맞았다. 서른은 대단한 나이가 아니었다. 나는 다른 나이를 기다려 본다. 내가 조금 더 컸다고 말할 수 있는 나이를. 어떤 나이가 적당할까. 어떤 나이를 보고 완전히 컸다 할 수 있을까. 내가 보기에는 안나도 가끔 엉뚱한 소리를 하는 때가 있으니까 완전히 큰 나이란 없는 것 같기도 하다.

○
　　　　　　　　　　　　오늘 잘 살고
　　　　　　　　　　　　내일도 잘 살자

.

　나 이제 뭐 먹고 살지. 오늘 뭐 하지, 내일은 뭐 하지. 앞
으로는 뭘 하면서 살지. 할 줄 아는 것이 하나도 없는데,
내가 무엇을 할 수 있을까. 사람 구실이나 하면 좋겠다. 나
는 매번 이런 푸념을 마음에 담고 살았다.

　그런 날이 있다. 어디에서 불어온 것인지 모를 바람이
마음을 마구 뒤흔드는 날이. 그 즈음에는 누군가가 나에
게 요즘 무엇을 하고 있느냐고 물으면 쉽게 대답하지 못
했다. 근사한 대답을 해야 할 것만 같았다. 왠지 그래야 할
것만 같았다. 그냥 쉬고 있다고 이야기하면 안 될 것 같았
다. 안 될 이유도 없는데, 그러면 안 될 것 같았고 뭐라도
꼭 하고 있다고 이야기해야 할 것만 같은 그 옹졸한 느낌
에 사로잡힌 날들이 있었다. 아주 많았다. 그때마다 안나
는 이렇게 말했다.

안나　목표 뭐 커다랗게 잡을 필요 있나. 남들한테 이야기

할 거창한 것만 생각하다 보면, 니를 잃게 된다. 누가 물어보면 내 요즘에는, 오늘 하루 잘 살고 내일도 잘 사는 것만 목표로 하고 있습니다, 캐라. 오늘 잘 살고 내일까지 잘 사는 거 생각해 보는 거 은근히 어렵데 이. 오늘 지나고 내일이 되면, 다시 오늘 잘 살고 내일이 되는 걸 반복하는 거라. 그게 제일 어려운 목표다. 니는 지금 그걸 잘 해내고 있는 중이고.

단한   진짜가. 내 잘하고 있나.

안나   하모. 자꾸 니에 대해서 궁금해하고 이상한 말 하는 사람들하고는 어불리지 마라. 니만 손해다. 니 마음만 아프다. 니가 제일 잘 알면서 와 그카노.

단한   그러게, 와 그칼꼬.

안나가 나에 대해 무한한 믿음을 보여 줄 때마다 나는 좋다가도 슬펐다. 나는 정말 그 믿음에 부합하는 사람일까, 하루에도 수십 번씩 마음이 답답했다. 나는 삶의 어떤 부분에 있어서 아주 가끔 내가 다른 이들보다 느리게 살고 있음을 느꼈다. 이러한 깨달음은 나로 인해 오는 것이 아니라, 남으로부터 건너오는 것이 대부분이었다. 굳이 전달받지 않아도 될 감정이라 할 수 있겠다. 사실, 나는 남들보다 늦었다는 생각을 한 적은 없었다. 나는 이대로도 나쁘지 않다고 느꼈다. 조급하지도 않았다. 차분히 하면 된다고 생각했다. 언제든 마음은 바뀔 수 있고, 그때가 되면 또 무언가를 새롭게 시작할 수도 있을 것이라고 생각했다. 이렇게 말하면 다들 한쪽 입꼬리를 올리며 말했다.

지인1 이십 대에나 할 말을 지금 하고 있네.
지인2 네가 늦바람이 들어서 그런 거야. 늦바람. 해야 할 때 못 해서 지금 뒤늦게 하려는 거야.

남들에게 들은 이야기를 안나에게 건넨다. 안나는 코웃음을 친다. 나의 마음을 묵직하게 만들었던 말이 안나 앞에선 쉽게 부스러진다. 그래서 나는 자주 안나를 찾는다. 마음이 무거워질 때면, 마음이 무거워져서 숨이 차오를 때면 안나에게 전화를 걸어 이 모든 것을 이야기한다. 안나에게선 많은 도움을 받을 수 있다. 안나만의 투박한 위로는 나에게 힘을 준다. 나는 더도 말고 덜도 말고, 딱 핵심만 짚어 주는 위로가 좋다. 너무나 긴 위로는 사람을 지치게 만든다. 안나는 나를 지치게 만들지 않는다. 나는 안나가 할머니라서, 나보다 나이를 많이 먹어서, 경험이 많을 테니까 안나에게 필요한 조언을 구하려 전화를 하는 것이 아니다. 안나는 나의 친구다. 같이 화를 내 줄 수 있고, 같이 울어 줄 수 있는 친구. 안나는 그때그때 필요한 화를 나 대신 내 주고, 내 마음속에 있는 어떠한 말을 끌어

올려 준다. 위로를 듣고 난 다음의 나는 무엇을 해야 할지 알게 되고, 실제로 무언가를 다시 시작할 마음을 가질 수 있다. 나는 안나에게서 필요한 위로를 받는다. 나에게 필요한 위로를 가진 사람을 알고 있다는 것은 아주 큰 행운이다.

안나   바람이 불어야 할 때 분 적 있더냐.
단한   아니.
안나   그래, 그거다.

　맞아. 바람이 불어야 할 때 분 적이 있던가. 바람에까지 온갖 이름을 붙이며 삶을 논하는 게 너무 지겹게 느껴졌다. 나는 이젠 그냥 웃고 만다. 웃는 거 말곤 달리 어떤 반응을 해야 할지 떠오르지 않기 때문이다. 이렇듯 가끔 나를 잘 알지 못하는 사람이 나보다 나를 더 잘 아는 것처럼 말을 할 때가 잦았다. 나는 안나와 전화를 하면서 아까까지 가라앉았던 마음이 조금은 붕 떠오르는 것을 느낀다. 나를 옭아매고 있었던 생각은 벌써 사라지고 없다. 정말이다. 우습게도 이런 부류의 생각은 나를 말 그대로 훅 치고 지나가기 때문에, 멈춰 서서 다시 한번 그것을 곱씹으려 할 때는 이미 저만치 가 버리고 없는 경우가 많았다.

단한 할머니랑 전화하면 이리 속이 편하네.

안나 내한레는 다 이야기해라, 알았제?

단한 지금도 다 이야기하고 있잖아. 들어주셔서 감사합니
      데잉.

안나 아이고, 무신 별말씀을.

단한 할머니는 오늘 하루 어땠어.

안나 잘 살라고 노력 중이지.

단한 나도, 잘 살라고 노력 중이다.

안나 그래, 오늘 하루 잘 살고 내일 하루도 잘 살자. 거기까
      지만 일단 생각하자. 길게 생각해뿌면 머리 아프다.

단한 맞다, 내일까지만 잘 살자.

안나 내일 살면서 다시 꾸려 보자고.

단한 그러자고.

  울면서 했던 전화가 웃음으로 마무리된다. 목표가 생겼
다. 안나와 전화를 하고 나면 꼭 하나씩 목표가 생긴다. 새
로운 목표가 생기는 것은, 새로운 삶을 부여받은 듯한 느
낌을 주기도 한다. 나는 오늘 잘 살고, 내일까지 잘 살아
야 하는 목표를 받았다. 오늘을 잘 마무리하고, 내일을 잘
시작하고, 내일을 다시 잘 살아가는 것은 나름 힘을 주어
야 하는 일이다. 마음에도, 몸에도, 정신에도 똑바로 힘을
주어야 하는 일이다. 나를 자꾸 흔들고 넘어지게 만들려

는 다양한 생각들에 있어 두 발로 버티고 설 힘을 길러야
겠다고 생각하는 오늘이었다. 오늘도 안나의 도움을 받았
다. 나는 이렇게 조금씩 안나의 도움을 받으며, 누군가의
도움을 받으며, 하루를 꾸려나가고 있었다.

　안나의 내일을 생각해 보았다. 안나가 내일을 잘 살아
내고, 또 내일이 오늘이 되면 그 오늘을 잘 살아 낼 거라
말해 주어 고마웠다.

사랑으로부터
배운다

   세상이 멸망해도 사랑은 끝까지 남을 것이란 생각을 했
다. 사람과 사랑에 대해서 지겹다고 생각하면서도 늘 그
것에 대해 쓰고 싶어 하고, 쓰는 나로서는 사랑이 이 세상
의 모든 것을 이길 수 있다고 믿는 편이다. 그러한 믿음
은 안나의 앞에서 더욱 빛을 발한다. 안나는 사랑으로 똘
똘 뭉친 사람이다. 안나도 사랑은 위대하다는 나의 말을
전적으로 믿는다. 안나와 나는 전화의 끝마다 사랑한다는
말을 크게 외친다. 그렇게 외칠 때마다 사랑이라는 감정
이 조금 더 불어나는 느낌이 든다. 그러니, 항상 우리의 전
화는 사랑이 충만한 상태에서 끝기게 된다.
   나를 사랑한다고 크게 외쳐 줄 사람이 있다는 것만으로
도 너무나 행복하지 않은가. 사랑한다는 말은 듣는 사람
에게도, 뱉는 사람에게도 무언가를 준다. 분명 무언가를
주게 되어 있다. 사랑이라고 해서 꼭 남녀의 사랑만을 이
야기하는 것은 아니다. 우리가 사는 세상에는, 세계에는,

우주에는 정말 많은 이름의 사랑이 있다. 우리는 이곳저곳에 널린 사랑을 비집고 살아가는 중이다. 사랑을 믿지 않는 자들에게는 아주 가까이에 있는 사랑도 보이지 않을 테지. 삭막한 세상에서 사랑을 외치는 것이 아주 바보스럽게 보일 수도 있겠으나, 나는 안나 앞에서는 똥도 될 수 있고 바보도 될 수 있기에 누가 뭐라고 해도 상관없다. 내가 안나를 사랑하는 마음은 진심이다. 오늘도 나는 안나에게 사랑한다고 외치러 발걸음을 옮겼다.

안나의 집에 들어서는 순간부터 나는 뜨거운 포옹을 받는다. 그 후로는 나의 옷차림이나 머리 스타일에 관해 끊임없는 칭찬을 듣는다. 신발을 채 벗지도 못한 순간에도 이러한 칭찬은 계속된다. 겨우 집으로 들어서면 안나는 가장 따뜻한 자리에 나를 앉힌다. 손부터 씻자고 말하는데도, 얼굴을 보기에 여념이 없다. 자리에 앉아서도 옷을 벗고, 마스크를 벗고, 손을 씻는 모든 일에 칭찬이 끊이질 않는다. 손 소독제를 바르는 것까지 말끔히 마친 나를 더 마음 편하게 끌어안는 안나는 이제야 좀 살 것 같다고 한다. 안나의 볼에는 옅게 홍조가 퍼져 있다. 안나는 사랑이라는 단어를 몸소 표현한다. 끌어안은 나의 등을 계속해서 문지르거나, 볼을 문지르거나, 머리를 쓰다듬거나, 손을 잡거나, 볼을 만지는 등의 행위로도 표현한다. 어떠한 행동으로든 사랑을 표현할 줄 아는 사람이다.

안나　쪼매난 기, 언제 이렇게 커가지고.

　안나의 레퍼토리는 똑같다. 내가 어렸을 적, 안나를 감
동하게 만든 일부터 시작하여 현재까지의 이야기가 펼쳐
진다. 이야기의 첫 시작은 항상, 쪼매난 기 언제 이렇게 커
가지고, 혼자 나를 이렇게 다 찾아오고 말이야로 시작된
다. 나는 벌써 백 번은 더 들은 이야기지만, 또 듣는 것이
좋아서 잠자코 가만히 있다. 안나의 입에서 나오는 나의
어린 시절은 거의 내가 기억하지 못하는 일들이 다수다.
내가 기억하지 못하는 것을 기억해 주는 이가 있다는 것
은 언제 생각해도 신기하다. 나 자신이 살아 숨을 쉬는 인
간이라는 것을 인지하지 못하는 때였음에도 불구하고, 사
랑을 받았다는 것이 나의 마음을 몽롱하게 만든다.
　한때는 사랑이 무척 어렵다고 생각했다. 사랑한다고 말
했던 모든 이들이 마음에 상처를 안겨 주었을 때는 사랑
이 없다고 생각한 적도 많았다. 그때 나는 사랑이라는 것
은, 온전히 한 사람과만 주고받는 어떤 것이라고 생각했
고 그것은 절대적이라 깨지는 순간 몸도 마음도 다 으스
러지는 것이라고 믿었다. 하지만, 내가 사랑이라고 생각
했던 것은 대부분 사랑이 아니었고, 나는 사랑의 탈을 쓴
다른 무언가에 매번 녹다운 당하곤 했다.
　그럴 때마다, 진짜 사랑을 가르쳐 준 것은 안나였다. 안

나는 사랑이 가득한 사람. 어렵지 않게 사랑을 가져와 나의 상처에 발라 주는 사람이었다. 안나의 행동, 말은 결코 꾸밈이 없었다. 말하지 않아도 안다는 것은 안나에게는 해당 사항이 없는 문구였다. 안나는 무조건, 표현했다. 말이 아니라 어떤 것으로든 표현했다. 받는 사람이 정확하게 알 수 있게.

안나　사람들이 날 때부터 딱 주어진 마음의 크기가 같은데, 그게 점점 어떻게 관리하느냐에 따라서 달라지는 기라. 물을 잘 주고, 좋은 말을 해 주고 보듬어 주면은 사랑이, 마음이 점점 커지고, 아니면은 점점 쪼그라들고.

단한　멋진 말이네.

안나　진짜라니까. 내가 좋은 말을 못 할 정도로 힘들면, 가족들이, 상대방이, 친구가 해 주면서 마음이 안 쪼그라들게 도와주고 그카면 된다 카이.

단한　그래서 할머니 덕분에 내 마음이 안 쪼그라들었나?

안나　당연하지, 니도 맨날 할무이 사랑한다고 해 주니까 안 쪼그라들었다이가. 아니다, 쪼그라들었다. 지금 쭈구렁탱 할망구다.

단한　또 뭐라카노! 우리 할무이 세상에서 제일 이쁘구마!

표현하는 것을 안나에게 배웠다. 고마우면 고맙다고, 미안하면 미안하다고, 이야기하는 방법을 안나에게 배웠다. 굳이 말로 표현하지 않아도 어깨를 쓸어 준다는 것, 삐뚤어진 옷매무새를 고쳐 준다는 것, 나란히 걷는다는 것에서 사랑을 표현할 수 있다는 것도, 안나를 통해서 배웠다. 내가 무심코 던진 말이 다른 사람의 하루를 책임질 수 있다는 것도. 그것이 좋은 것이든 나쁜 것이든 또 나에게 언젠간 돌아와 어떠한 자국을 남긴다는 것도.

사랑은 다양한 모습을 가지고 있다. 사랑에는 정답이 없다. 사랑은 사람을 도구로 하여 빚어진다. 안나에게서 배웠다. 모든 것을 사랑으로부터 배웠다.

투박한
위로

　어떠한 것에 있어서 상처를 받은 나에게 안나는 줄곧 모든 것을 치우라는 말을 하곤 했다. 문장으로 쓰니 깔끔하게 느껴지지만, 투박하고 거친 안나의 목소리로 들으면 정말 금방이라도 모든 것을 다 치워 버려야 할 것처럼 느껴진다.

안나　다 때리치아쁘라! 그기 무시라꼬!

　안나는 일의 크고 작음에 대해선 그리 중요하게 생각하지 않는다. 내가 그것을 얼마만큼 바라고, 하고 싶어 하는지만 중요하게 생각한다. 하지만, 결과가 좋지 않아 늘 좌절하는 손녀의 목소리를 들으면 울화가 치민다. 진짜 그게 뭐라고, 우리 손녀를 이렇게 울게 하나. 그래서 안나는 더 크게 외치는 것이다. 다 때려치우라고, 하지 말라고. 마음에 짐을 얹어 주는 것과는 가깝게 지내지 말라고.

그런데 조금 있으면 말이 달라진다. 그러니까 조금 더 누그러진 안나는 다 때려치우라는 안나와는 다른 위로를 건넨다. 지금의 안나는 아주 차분하다. 내가 왜 그것을 하고 싶어 하고, 얼마나 절실하게 바라는지 앞선 안나처럼 잘 알고 있다. 때려치우라는 안나와는 달리 차분한 안나는 안 되는 것에는 이유가 있으니 이유를 잘 들여다보고 바꿀 수 있는 것은 바꿔 보라는 이야기를 건넨다.

단한 잘 안 되는 이유, 나도 알고 싶어. 근데 그걸 찾기가 좀 어려워. 시간이 오래 걸려.

안나 바로 잘 되는 것만큼 재미있는 것도 없다. 좀 뜸을 들이는 것이 좋다.

단한 뜸을 들이는 것이 좋다고?

안나 밥도 뜸을 좀 들여야 맛있다이가. 괜찮은 음식은 전부 뜸을 들이는 구간이 필수다.

나는 안나의 위로가 좋다. 하지만, 가끔은. 아주 가끔은 그러한 위로조차 귀에 들어오지 않을 때가 있다. 마음에 불이 붙은 상태에선 어떠한 말도 제대로 들리지 않는다. '다 알겠는데, 왜 안 되는 걸까, 그 정도는 나도 알지.'라는 생각을 지닌 내 안의 못된 내가 쿵쿵 심장을 밟고 돌아다닌다. 그럴 때에는 정말 아무것도 하고 싶지 않고 듣고 싶지 않고 철저한 자기 비관에 빠진다. 비관적인 마음에는 남들은 다 하는데 나만 안 된다고 생각하는 것이 필수인데, 이 생각이 점점 불거지면 정말 아무것도 하기가 싫어질 때가 온다. 그러면 정말 안 하게 되고, 안나의 말처럼 다 때려치워 버리고 싶어지는 것이다.

하지만, 안나는 내가 다 때려치우는 것을 원하지 않는다. 그냥 말만 그렇게 하는 것이다. 어떤 거창한 위로 차원에서가 아니다. 그냥 일단 그렇게 뱉어서 내가 조금은 속이 시원할 수 있도록, 내가 하고 싶은 말을 대신해 주는 것이다.

하고 싶은 거 해라, 하고 싶지 않은 것은 하지 마라, 너의 길을 가라. 얼마나 든든하고 무책임한 위로인가. 하지만, 누구든 제일 듣고 싶은 위로일 것이다. 안나는 이렇게 흔한 위로도 자기 방식대로 턱턱 내놓는다. 내가 생각했을 때, 안나는 위로에 소질이 없는 것 같다. 안나는 매번 똑같은 말로 갖가지의 위로를 한다. 하루마다 바뀌는 나의 고민과 기분과 우울에 관하여서도 매일 똑같은 위로를 건넨다. 그래도 나는 위로가 필요할 때마다 안나에게 전화를 건다. 다 치아라. 다 하지 마라. 하기 싫은 건 안 하면 된다. 하고 싶은 것만 하고 살아라. 이 말을 듣고 싶어서. 위로를 이행하려면 정말 열심히 꾸준히 끝까지 내가 하고 싶은 것을 하고 살아야 한다. 그러고 싶어서, 그러고 싶기에. 나는 자꾸만 안나에게 전화를 걸어 그녀의 손을 닮은 두툼하고 투박한 위로를 들으려 하는 것이다.

안나 떨어졌다고? 떨어지면 좀 어때.
단한 그래도 열심히 준비했는데 마음이 좀 그렇네.
안나 마음이야 당연히 그렇제. 그라믄 그다음은 우예야겠노.
단한 우예야 하는데.
안나 자꾸만 갖다 붙이는 기라. 침도 바르고, 풀도 바르고, 테이프도 갖다 바르고, 자꾸자꾸 붙이려고 하면 지가 붙지 안 배기겠나.
단한 아, 그게 뭐고.

  그게 뭐냐며 허탈하게 웃지만. 하나도 재미없다며 웃지만. 나는 벌써 안나만의 투박한 위로로 치유가 다 된 것만 같다. 떨어지면 자꾸 붙이라니, 얼마나 안나다운 발상인가!

단한 할머니 걱정할 것 같아서 오늘은 전화 안 하려고 했는데.
안나 야가 또 무신 소리 하노. 전화를 해야 내가 걱정을 안 하지.
단한 할머니는 걱정을 너무 많이 해서 탈이다!
안나 걱정하는 것이 뭐가 어때서!

단한 할머니는 걱정을 너무 많이 해.

안나 그기 다 니를 사랑해서 그런 거다.

단한 엇, 그러면 하지 말란 소리 못 하겠네.

안나 그렇지, 할매 말을 들으면 자다가도 떡이 나온다. 내
      말을 들으라, 알았나.

　안나를 통해서 안 것은 딱 하나였다. 걱정은 그리 무거
운 모습을 지니고 있지 않다는 것. 안나는 그것을 가볍게
머리에 이고 지고 살았다. 나는 안나가 어떠한 크기의 걱
정도 하지 않았으면 싶은데, 안나는 무엇이든 걱정한다.
안나는 밖에서 들려오는 모든 것을 걱정한다. 안나는 뉴
스에 나오는 모든 것을 걱정하고, 방금 배달 온 마트 직원
의 충혈된 눈을 걱정한다. 그리고 나를 걱정한다. 나를 제
일 마지막으로 삼아 하루의 걱정을 끝내는 것이 아니다.
안나에게 나는 걱정의 시작점이자 쉼표, 안나는 나를 기
점으로 다른 걱정을 매일 이어간다.
　여러 모습을 한 열등감과 괴로움이 마음을 잠식하는 날
에도, 나를 포함한 많은 사람은 자신이 해야만 하는 일에
관해 정확하게 알고 있다. 그것은 대부분 안 할 수는 없는
일이며 꼭 하고 싶은 일에 속한다. 원래 그런 일이 더 많은
열등감과 괴로움을 가져오게 마련이니까. 그런데 그걸 알
고 있어도 자꾸만 반복되는 실패에 지쳐 뻗어버리는 일이

다수. 그럼 나는 안나에게 전화를 건다. 다 때리치아 뿌라. 주문이 들려온다. 나는 그것을 열심히 하라, 끝까지 하라는 주문으로 듣는다. 안나가 나에게 거는 주문. '그럼에도 불구하고 열심히 해라, 열심히 하는 모습을 나에게 보여 줘.'라는 뜻을 가진 주문.

마음에 관련된 문제에도, 일에 관련된 문제에도, 매번 안나가 걸어 주는 주문은 같다. 나는 안나 앞에선 주문을 알고 주문을 부탁하는 영악한 머글이 된다. 우리의 안나 마법사는 하나의 주문을 기가 막히게 잘해 주기 때문에. 다 때리치아뿌라!

다 때려치울 수 있지만, 내가 그러지 않을 것임을 너무 잘 알고 있기에 안나는 그 주문을 남용하는 것이 아닐까.

오늘은 안나의 위로를 듣고 싶은 날이다. 날씨가 좋지 않다고 목청 높여 투덜대고, 그래도 일어나서 할 일을 해야 하지 않겠나, 오늘 하루도 잘 버텨 보자 서로를 토닥일 그런 위로가 필요한 날이다. 모든 것을 잠자코 숨죽여 다 해내라는 말만 하는 사람들 사이에서 안나는 나에게 무척이나 큰 힘이 된다. 그렇지 않나. 다 치우고, 다 하지 않고, 하고 싶은 것만 한다는 것이 제일 어렵다는 것을 알면서도. 그냥, 그러라는 사람이 한 명 정도 있다는 것은 나에게 너무나 큰 위로가 되니까.

나를 조금씩 견디며
산다는 것은

○

　나의 모든 실패가 순전히 내가 가진 어떤 맹함에서 온다는 이야기를 들은 적이 있었다. 당시 나는 나를 이끌만한 주도적인 생각을 하기에는 그때그때 사는 것에만 집중할 뿐이어서, 그런 말을 아무렇지 않게 뱉는 누군가에게 어떠한 반박을 할 기회를 쉽게 놓치곤 했다. 그렇구나, 내가 가진 맹함 때문에 나의 곁에는 늘 실패가 깔려 있구나, 그렇게 생각하곤 했다.

　누군가는 누군가들로 늘어났다. 그들은 나의 외모를 쉽게 지적했다. 광대뼈가 너무 넓어. 요즘에는 수술이 아니라 간단한 시술로도 관리할 수 있다던데. 교정 좀 해야겠다. 너 앞니가 너무 튀어나왔어. 누군가는 나에게 잇몸과 앞니에 관련된 기괴한 별명을 지어 주기도 했다. 학교 선배였던 그는 다른 친구들에게도 나를 그렇게 부르길 강요했다. 나는 아무렇지 않았다. 깊게 생각하지 않아 상처도 받지 않았다. 그저, 그것을 부르지 못해 우물쭈물하던 친구들에게 미안할 뿐이었다. 꼭 그런 사람이 있었다. 그런 사람은 어딜 가나 있었다. 내 삶에 갑작스레 출몰해 나의 외모와 모든 것을 지적하는 사람, 무언가 대단한 것을 말해 주는 사람처럼 구는 사람이 꼭 있었다.

나는 나의 앞니를 사랑하고, 광대뼈를 좋아했다. 그래서 처음에는 그러한 말이 귀에 닿지 않았다. 그저 웃고 넘겼다. 그랬는데, 어느 순간 보니 상처가 나 있었다. 자꾸만 같은 곳을 반복적으로 찌른다면 상처는 생기게 마련이다. 상처는 발견한 순간부터 아프다. 상처가 거기 있는 줄 몰랐을 땐 가렵지도 않던 그것이 어느 순간 눈에 들어오게 되면 여러 통증을 힘껏 몰고 온다. 쉽게 의기소침해진 나는 고개를 숙였다. 그리고는 외모에 더욱더 신경을 쓰기 시작했다. 나를 더 예쁘게 꾸미려 하거나 옷을 사들였다는 뜻이 아니다. 그저 신경만 썼다는 거다. 누가 나의 외모를 지적하거나 쓴소리를 하지 않을까, 매번 신경을 썼다는 소리다.

하다못해, 길었던 머리를 아주 짧게 자르는 것에 있어서도 남의 신경을 썼다. 왜 이렇게나 바짝 자르냐고 물어보면, 생각해 두었던 답변을 그때그때 뱉곤 했다. 변명을 일삼았다. 내가 하고 싶어서 하는 것이라는 이야기를 하지 못했다. 일에 있어서나 외모에 있어서나 나를 아무렇게나 대하는 사람들의 지적에는 나 스스로가 두 팔을 걷고 나 자신을 보호할 수 있어야 하는데, 누구의 말마따나 나는 멍했다. 멍한 표정으로 무언가를 뒤집어쓰거나 숨곤 했다.

안나를 만나면 상황이 달라졌다. 안나에게 있어서 나는 언제나 세련되고 멋지고 귀엽고 잘생긴 손녀다. 기분이 좋아진 나는 대뜸 휴대전화에 있는 카메라 어플을 실행시킨다. 따로 분장을 하지 않아도 고양이 머리띠라든지, 곰돌이 코 모양이 얼굴에 생기는 사진 어플이었다. 안나를 만날 때마다 이 어플을 켜는 건 당연한 일상이 되곤 했다. 나는 조금이나마 더 많이 안나와의 무언가를 남기려 용을 썼다.

안나의 옆에 딱 달라붙어 있을 때였다. 오늘은 어떤 스티커로 사진을 찍을까 고민하던 찰나에 안나가 슬며시 자리에서 일어났다.

단한 할머니, 사진 같이 찍어야지.
안나 ……

나의 외침에도 안나는 대답이 없었다. 스티커를 고르던 내가 안나를 바라보았다. 안나는 아주 천천히 숨을 고르며, 애꿎은 쟁반을 여기서 저기로 옮기고, 물이 가득 들었던 컵의 물을 갑자기 비우곤 새 물을 따라놓기 시작했다. 나는 안나의 행동을 가만히 바라보며, 그녀가 다시 내 옆자리에 앉기를 기다렸다. 손에는 안나와 함께 사진을 찍

을 때 사용하려는 거대한 하트 스티커가 휴대전화 화면을
가득 채우고 있었다. 안나가 드디어 내 옆에 앉았을 때, 나
는 휴대전화를 높이 들었다.

단한   웃자! 할머니!
안나   사진 찍기 싫다.
단한   응?

안나의 말에 당황한 내가 얼른 손을 내렸다. 안나는 여
전히 앞을 보고 있었다. 안나의 시선 끝에는 TV 속의 사람
들이 분주하게 움직이고 있었는데, 앞의 내용을 보지 않
아서 그런지 그들은 그저 지금 당장 무엇을 해야 할지 몰
라 당황하는 것처럼 보였다. 지금 딱 나의 심정과 같았다.
나를 보는 것 같았다.
　나는 안나의 '사진 찍기 싫다.'라는 선언이 매우 당황스
러웠다. 매일 화면을 들이대면 김치라든지, 이번에 새로 알
려드린 치즈 정도는 아무렇지도 않게 발음하며 다 굳은 손
가락을 어찌어찌 움직여 케이-하트도 만들고, 오케이, 브
이를 하며 웃던 안나였는데. 나는 침을 꼴깍 삼켰다. 사진
찍기 싫다는 단호한 말이 가지고 온 파장은 어마어마했다.
　안나가 나를 바라봤다. 나는 안나의 오른쪽 눈을 바라
보다가 왼쪽 눈을 바라봤다. 둘의 크기가 달랐다. 안나는

간의 문제가 슬슬 시작되고 있을 때, 버스에서 뒤로 넘어지는 사고를 당했다. 그때 당시 크게 넘어지는 바람에 몸의 왼쪽이 균형을 완전히 잃어 걷는 것은 물론 얼굴과 몸의 형태가 굳는 문제가 생겨났다. 안나는 한동안 우리에게 얼굴을 보여 주고 싶어 하지 않았다. 안나는 그렇게 왼쪽의 균형을 잃은 채로 오랫동안 지냈다. 안나가 말했다.

안나 나는 요새 내 얼굴이 보기가 싫다.

단한 …….

안나 진짜다. 얼굴 보면 허파가 뒤집어진다. 그랑께, 사진
       찍지 말자. 뭘 남기고 자시고 하지 말자.

　나는 한동안 할 말을 찾지 못했다. 내가 괜히 추억을 남기겠답시고 이리 굴어서 안나에게 또 다른 상처를 준 것은 아닐까. 안나도 나도 한동안 자신만의 생각에 잠겨 있었다. 나도 나의 마음에 잠긴 상태로 고개를 들어 나의 얼굴을 올려다본다. 울음을 참고 있는 얼굴이 오늘따라 더 못났다. 옆으로 무게 중심을 옮겨 안나의 품에 폭 안겼다. 안나는 자연스레 나의 머리와 목과 등을 쓰다듬는다. 투박하고 거칠지만 다정한 손길. 있는 힘을 다해 쓱쓱, 등을 쓸어주는 손길이 전혀 아프지 않다.

　안나의 품에 안겨 있는 동안 TV 옆에 자리한 안나의 젊

은 시절 사진에 눈길을 둔다. 안나의 젊은 시절은 상당히 멋지다. 머리에 스카프를 두르고, 활짝 웃고 있는 흑백의 안나는 누구보다 멋지다. 그대로 액자에 입을 맞추고 싶을 정도로 사랑스럽다.

안나가 괜찮았을 땐, 사진을 찍지 않았다. 괜찮았을 땐 나의 얼굴을 보느라 바빠서, 남들이 평해 주는 나의 얼굴을 빚기 바빠서 우린 서로의 얼굴을 보지 못했다. 그때 좀 찍어 둘 것을. 후회는 언제나 어떤 모습으로든 나를 졸졸 따라온다. 나는 집에 남아 있는 어린 나와 젊은 안나의 사진을 생각한다. 거기에는 둘 다 카메라를 보고 있거나, 카메라를 보지 않는 나를 보며 웃는 안나의 모습이 있다.

단한   할머니, 나 너무 못생겼어.

나의 말에 등을 쓸어 주던 안나의 동작이 멈췄다. 무슨 말을 덧붙여 주리라 생각했는데 안나는 아무런 말도 하지 않았다. 나는 다시 말을 꺼냈다.

단한   내 앞니가 너무 튀어나왔대. 내 입이 튀어나왔대. 돈
       을 쓰면서 관리를 하래, 나 그 정도야?
안나   지금 무신 소리하노!

안나가 펄쩍 뛰었다. 실제로 펄쩍 뛴 것은 아니고, 목소리가 천장을 뚫을 기세로 높았단 뜻이다. 안나의 목소리에 깜짝 놀란 내가 바로 앉았다. 안나는 나를 보며 말했다. 정확히 말하자면, 하나하나 나의 모든 것을 쓰다듬으며 말했다.

안나   얼굴은 이리 달띠(달)처럼 뽀얗고, 빵실하고, 머리도 서원(시원)하게 잘 잘랐고만. 세상에서 제일 세련된 아구만, 누가 누구한테 못 생깄다 카노.

단한   다들 그러는데? 할머니만 나 예쁘다고 하는데?

안나   그럼 된 거 아이가?

단한   됐지.

안나   그래, 그라믄 됐지. 니는 가들 말을 믿나, 내 말을 믿나.

단한   할머니 말을 믿지.

안나   그래, 그럼 됐다. 그런 말은 듣지 마라. 다들 시샘하는 거다. 그렇게 니를 자꾸 갉아먹는 거다. 니는 니 마음에서 우러나오는 진짜 소리만 들어라. 진짜 소리, 가짜 소리 판단도 다 니가 하는 거다. 할 줄 알아야 한다.

단한   ……그럼 할머니는!

안나   내 뭐!

단한   할머니는 누구 말을 믿는데. 자꾸 못생겼다, 얼굴 이상하다 하는 할머니 속에 있는 악마 같은 가짜 말을 들을 거가, 예쁘다 카는 내 말을 들을 거가.

안나는 내 말에 어이없다는 듯이 웃는다. 내 속에 악마가 있다고? 받아치는 목소리에 나는 대답하지 않는다. 내가 먼저 물었으니 나한테 먼저 대답을 하라고 보챈다. 안나가 말했다.

안나　당연히 니 말을 믿지.
단한　그라믄 됐다! 서로가 서로한테 예쁘면 됐다, 그쟈?
안나　그래, 그라믄 됐다. 미쓰꼬리아에 나가뿔라마.

안나의 마지막 말에 우리 둘은 허리를 젖혀가며 웃었다. 무엇이 그리 재미났는지는 모르겠다. 지금 생각해도 웃음이 어린다. 나는 안나의 말을 다시 한번 곱씹는다. 니는 니한테 대놓고 싫은 소리 하는 사람들의 말을 믿나? 들을 가치도 없다. 니는 니 마음에서 우러나오는 진짜 소리만 들어라.

가끔은 마음에서 우러나오는 진짜 내 목소리가 궁금해 귀를 기울일 때가 있다. 근데 내 마음에 있는 누군가는 부끄러움이 많은지 꼭 필요한 순간이 아니면 선뜻 말을 꺼내지 않는다. 한 번씩 툭 튀어나오는 목소리를 놓치지 않고 잡아내는 것은 온전히 내 몫이 될 것 같다. 안나의 말대로 가짜 소리도 구분할 줄 아는 사람이 되어야지.

나는 다시 한번 안나의 품에 안겨 가만히 앞을 바라본다. 이제는 TV에서 서성이는 사람들이나 젊은 안나가 눈에 들어오지 않는다. 안나의 심장이 뛰는 소리가 유난히 크게 들려온다. 사진을 찍지 못한 것은 전혀 아쉽지 않았다. 지금의 순간이 아주 오랫동안 기억될 것이란 걸 알았기 때문이다. 지금도 그때를 생각하면, 안나의 품에 안긴 듯 눈이 스르르 감긴다.

○   사 는 것 이
                                          코메디다

    안나가 보는 방송 프로그램은 딱 정해져 있었다. 도롯도
(트로트)를 부르는 사람들이 나오는 프로그램, 그 사람들
이 나오는 다른 프로그램, 또 그 사람이 나오는 또 다른 프
로그램. 간간이 뉴스를 보기도 했지만, 어쨌든 리모컨이
향하는 8할은 도롯도였다.

    안나는 트로트 노래의 가사를 좋아했다. 나 역시 간단하
면서도 귀에 쏙쏙 박히는 트로트 가사를 좋아했다. 떠난
님이 미우면 밉다, 싫으면 싫다, 다시 돌아오길 바라면 다
시 돌아와 달라, 언제든지 기다린다 등등 얼마나 시원하
고 직설적인 표현이 많은가. 안나는 종일 도롯도가 나오
는 프로그램을 보고 있어도 절대 질리지 않는다고 했다.

안나 그래, 저래야지. 미안하면 미안하다. 고마우면 고맙
      다. 말을 하면서 살아야지. 안 글나.

167

어느 날, 나와 함께 있을 때 내가 다른 프로그램으로 채널을 돌린 적이 있었다. 안나가 신세대라고 표현하는, 그러니까 누가 누군지 아무도 모르겠는 누군가들이 나와 게임을 하는 프로그램이었다. 신나게 보고 있는 나를 보던 안나가 말했다.

안나 그리 재밌나.
단한 엉. 할머니는 안 재밌나. 이거 잘 보면은 쟤들 진짜 웃긴데이.
안나 모르겠다. 쟤들은 지들끼리만 재미있는 것 같다.

안나는 정말이지 TV 프로그램에 나오는 사람들이 우리와 함께 있는 것처럼 말했다. 뭐야, 그럼 쟤들은 지들끼리만 재미있는 것 같고 할머니가 보는 쟤들은 우리랑 같이 재미있나? 나의 말에 안나는 고개를 끄덕였다. 고개를 끄덕이는 모습이 너무나 확고해서 놀랄 지경이었다. 안나는 한동안 말없이 두유를 마시며 쟤들을 보았다. 안나의 말을 들었기 때문인지, 뭔가 묘하게 쟤들에게서 내가 배제된 것 같은 느낌이 들었다. 아무리 봐도 재미있지 않고, 무슨 말을 했는지 앞 템포를 놓치면 이야기의 주제를 파악하지 못하게 마련이었다.

안나 거 봐라, 재미음쩨. 니 얼굴에서 다 티 난다. 이리 도가.

   안나는 리모컨을 가져갔다. 속수무책으로 리모컨을 빼앗긴 나는 다시 도롯도를 들을 마음의 준비를 한다. 이게 한 번은 좋은데 계속 반복되면 좀 부담스럽다. 종일 머릿속에서 도롯도가 떠나지 않기 때문이다. 그래도, 나는 눈을 감고 경건한 마음으로 임영웅 님의 목소리를 들을 준비를 한다. 안나가 좋다니까, 들어야지. 근데 들려와야 할 목소리는 들려오지 않고 대뜸 안나의 목소리가 들린다.

안나 있잖아. 사는 기 다 코메디데이. 아나.
단한 갑자기 무슨 말이고?
안나 그렇잖아. 봐라. 아까 니가 보던 거. 사람들이 두 팀으로 나눠 가지고 줄줄이 뛰고, 서로 꼬리를 잡으려고 난리를 치고, 자기 죽겠다 싶으면은 손을 놓고 다 뒹굴고, 안 그렇나. 그거 어디서 많이 본 것 같지 않나.
단한 많이 본 것 같네.
안나 또 봐래이, 니가 요마했을(작았을) 때 나온 거라 알진 모르겠지만, 옛날에 콧수염 달고 이래이래 뒤뚱뒤뚱 걷는 남자가 있었다고. 찰리, 팔리, 뭐시깅고. 아무튼, 그 사람이 하는 걸 다른 사람들은 다 코메디라 캤어. 근데 그게 자세히 보면 코메디가 아이라.

단한　코메디가 아니면 뭔데.

안나　사람 사는 거 아이가.

단한　…….

안나　사람 사는 거 보여 주는 거거든. 그러면 뭐야, 사람
　　　사는 건 다 코메디고, 우린 코메디 배우라 이 말이야.
　　　코메디는 어디에도 속할 수 있거든. 웃긴 거에도 속
　　　하고, 슬픈 거에도 속할 수 있고, 화내다가도 웃을 수
　　　있고, 안 글나. 슬픈 것만 연기하는 배우 있나? 없제?
　　　화내는 것만 하는 배우 있나? 없제? 다들 자기 말도
　　　하고, 울기도 울고 웃기도 울고 그렇게 하잖아. 그거
　　　잘하면 뭐라 캐, 아, 연기 잘한다 카제. 따봉, 따봉 카
　　　면서. 근데 따지고 보면 그게 우리 사는 긴데.

　나는 가끔 안나의 말을 들으면 다음 대사를 잃어버린 배
우가 된 듯한 느낌을 받는다. 앞 사람의 연기가 너무 멋져
서, 잠시 나의 본분을 잊고 그 연기에 빠져든 신인 배우가
된 느낌. 그래서 나의 대사를 해야 하는데 그것을 잃고 고
개를 끄덕이며 감탄하는 느낌. 안나는 아무렇지 않게 남
은 두유를 쪽쪽 마시며 TV에 시선을 고정하고 있다. 아까
그렇게 명대사를 읊었던 안나는 다시 온데간데없이 사라
진 것 같다.

단한 할머니는 어떻게 이렇게 말을 잘해.

안나 내가 말을 잘하나, 천하에 무식한데.

단한 무식하기는! 그런 소리 하지 마라! 그러면 나는 무식
       한 할머니의 손녀가!

안나 알았다, 알았다. 하이고, 참.

단한 나는 할머니가 해 주는 말 다 새겨듣고 있다.

안나 그렇나.

단한 그럼. 다 적어놓고, 다 기억한다.

안나 뭐시 그리 대단한 말이라고 다 적어놓고, 기억하노.
       하지 마라.

단한 왜.

안나 세상에는 더 멋진 말 하는 사람 많다.

단한 나는 우리 할머니가 제일 멋진 말을 하는 사람이라고
       생각하는데?

안나 에이, 어디 가서 그런 소리 하지 마라.

단한 진짠데!

  안나는 기분이 좋은지 그저 웃는다. 정말이다. 나는 안
나가 정말 멋진 말을 제대로 할 줄 아는 사람이라 생각한
다. 안나는 멋진 말을 뱉었다고 으스대지도 않는다. 안나
는 그렇다. 사는 것이 코메디라는 것을 살면서 자연스레
깨우친 사람이라 그것을 두고 으스대지 않는다. 무언가를

알게 되었다면 그것을 다시 말로 뱉어 나에게 동글동글 빚어 내민다. 나는 안나에게 받은 모든 것을 잘 모아 둔다. 잘 모아 두었다가 어떠한 일이 있을 때 하나씩 꺼내어 오래오래 바라본다. 오늘도 작은 구슬 하나가 생겼다. 이것은 앞으로 안나가 없는 순간에도 나를 울리고 웃길 원동력이 될 것이 분명했다.

○   적당히
                                게으를 것

    주말 오전, 안나의 전화는 나의 단잠을 깨운다. 그리 이른 시간은 아니다. 오전 열한 시쯤 전화하는 것인데도 나는 아직 이불 속인 것이다. 웅얼거리며 받는 나의 목소리에 안나는 호탕하게 웃는다. 아직까지 잤냐는 안나의 목소리가 귀에 닿을 때, 나는 떠지지 않는 눈을 억지로 뜨려 노력한다. 한쪽 눈을 겨우 떠서 시계를 확인한 다음에는 말한다.

단한 이제 일어나야지요. 일어나려고 했습니다.

    아직 잠이 덜 깬 나의 목소리는 신빙성이 없다. 안나는 더 자라고, 주말이니 모처럼의 늦잠을 즐기라 말한다.

안나 그냥 잘 자고 있었는지 확인하려고 전화했지.
단한 잘 자고 있는지 확인을 왜 합니꺼!

나의 목소리에 안나는 아침 일찍 일어난 자의 여유를 품은 채 그저 웃기만 한다. 잘 자고 있었으니 됐단다. 나는 주말에 늦잠을 자도, 잠이 덜 깬 목소리로 전화를 받아도 칭찬받는 손녀가 되었다. 안나는 조금만 더, 적당히 자다가 일어나라고 한다. 일어나서 주말에도 해야 하는 일을 정해 열심히 하라는 말을 남긴다.

안나는 이렇듯 나에게 늘 적당히 게으를 것을 종용했다. 적당히 게을러야 자신을 지킬 수 있다는 안나의 말은 사실 틀린 것이 하나도 없었다. 적당히 게으른 것의 장점에는 여러 가지가 있다. 내가 안나의 말을 곧이곧대로 잘 수용했는진 모르겠지만, 내가 느낀 바로는 그렇다. 우선 적당히 게으르면 실수를 할 확률이 낮아진다. 그러니까 이게 무슨 말이냐면, 게으를 때는 모든 일을 뒤로 미루게 된다. 그러면서 마감 기한을 맞추기 위해 서두르다 일을 망치는 경우들이 많다. 이때, 안나가 말한 적당히를 섞으면 이야기가 달라진다. 무조건 미루는 것이 아니라 그저 일을 천천히 하는 것이다. 게으르게, 천천히. 그렇게 하면 기한에 늦을 염려가 없다. 그리고 일의 속도가 느려지면서 조금 더 많은 것을 보게 된다. 적어도 나는 그랬다.

일에 적당히 게으른 것 말고 나에게 적당히 게으른 것도 좋다. 나에게 적당히 게으른 것은 내가 받을 상처를 반으로 줄여 준달까. 상처를 오롯이 모른 척하는 것과는 또 이야기가 다르다. 나는 적당히 게으르며 나를 지킨다. 받을 상처나 다가오는 상황에 대비해서 살짝 물러나는 것이다. 그때그때 오는 감정에 휩쓸리지 않고 조금만 천천히, 조금만 더 게으르게 상황을 훑어보는 것이다. 그렇게 하면, 나를 조금 더 두고 볼 수 있다. 마음이 동할 때를 더 진득하게 느끼며 나를 살펴보게 된다. 사실, 말이 쉽다.

이렇게 알고 있는 걸 내가 다 행하고 있다면 지금쯤 나는 공중부양을 터득했을지도 모를 일이다. 적당히는 뭐든 어렵다. 적당히 사랑하기, 적당히 먹기, 적당히 신나기, 적당히 울기, 적당히 화내기, 적당히 놀기, 적당히 자기, 적당히 적당하기……. 어떤 것을 가져다가 붙여도 적당히는 어렵다.

나에게 적당히 게으를 것을 종용하는 안나는 적어도 게으르지 않다. 적당하지도 않다. 안나는 늘 손이 빠르고, 행동이 빠르다. 지금은 거동이 불편하고, 조금만 움직여도 숨이 차 예전만큼의 빠릿함은 가지지 못했지만, 그래도 예전의 빠릿한 행동의 습관만은 잃지 않았다. 안나는 새벽부터 일어나 아침 기도를 한 후, 집 안 곳곳에 있는 화분에 물을 준다. 밤사이 화분들에게 어떠한 일이 일어나지는 않았는지 잘 살핀 다음에는, 자신의 얼굴을 살피러 욕실로 향한다. 매일 조금씩 더 늙은 듯한 얼굴을 마주하게 되지만, 안나는 대수롭지 않게 생각한다. 늙어가는 것은 당연한 일이고, 어쩔 수 없는 일이라 생각하기 때문에. 적당히 늙을 수는 없는 노릇이니 안나는 자신의 노화를 받아들인다. 안나는 집에 찾아오는 사람이 없어도, 외출할 계획이 없어도 늘 머리를 곱게 빗고, 세수를 한다. 허전한 목에는 딸과 손녀가 준 스카프를 하루마다 바꿔서 착용하고 있다. 조끼를 입고, 덧버선을 신어 몸의 따뜻함을 유지한다. 한쪽에 걸어 둔 외할아버지의 영정사진을 몇 번 두드리며 인사를 건넨 다음에는, 긴 소파의 가장 오른쪽 끝자리에 앉아 대답이 없어도 줄곧 자기 혼자 실컷 떠들어주는 TV를 깨운다. TV 위에는 둥그런 시계가 걸려있다. 시계는 눈이 잘 보이지 않는 안나를 위해 커다란 초침과 분침, 시침 그리고 숫자를 갖고 있다. 어느 시점이 되면 안나는 나를 생각한다. 어느 시점이 되면 엄마를, 어느 시점이 되면 이모를 생각한다. 자신의 생각은 하지 않는다. 약을 먹어야 할 시간이면 약 생각만 한다. 안나는 정해진 루틴대로 삶을 살아가고 있다. 안나는 결코 적당히 게으른 사람이 아니었다.

안나 너무 게으르면 큰일난다잉, 적당히 게을러야지.
단한 할머니, 적당히 게으른 게 얼마나 힘든 건 줄 아나.
안나 그러니까 항시 생각을 하고 있어야지.
단한 뭐를.

안나   어렵다는 것을.

단한   어렵다는 것을 항상 생각하라고?

안나   그래, 세상에 쉬운 일 어디 있드노, 적당히 게으르는
      것도 쉬워서 니보고 하라카는 기 아니야. 어려우니까
      마음에 잘 새기고, 내가 항상 이렇게 해야겠다 생각하
      라는 거지. 적당히 게으른 건 빠릿빠릿하고 일 잘 처
      리하는 것보다 더 어렵다. 주변 상황도 잘 둘러 봐야
      하고, 시간은 맞춰야 하고, 신경 써야 하는 것이 많다.

단한   잘 게으를 수 있도록 노력해 볼게.

안나   잘 게으르는 것이 아니라, 적당히.

단한   적당히.

안나   그래, 적당히!

    나는 아직도 적당히 게으르지 못하고 게으르기만 하다.
그냥 게으르기만 한 것이 안나가 나에게 준 숙제라면 나
는 벌써 그 숙제를 다 하고도 남았을 것이다. 게으르다는
것은 뭘까. 남들이 다 하는데 나만 하지 않고 빈둥거린다
는 뜻일까, 해야 할 일을 알면서도 하지 않고 미룬다는 뜻
일까, 해야 하는 일이 있음에도 그저 그것을 뒷전으로 생
각하고 논다는 뜻일까.

안나   고마 어렵게 생각하지 마라. 게으르게 있다가도 해야

할 일을 알고 벌떡 일어나서 할 줄 알면 적당히 게으른 거라.

해야 할 일을 아는 것. 내가 해야 하는 일을 알고 제대로 행하는 것. 해야 할 일을 잊지 않는 것. 이것이 적당히 게으른 일이라면 나는 아직 조금 더 단련을 해야겠다고 생각한다. 한 번씩 안나가 툭툭 던져 주는 삶의 지혜는 내가 다 아는 것 같다가도 막상 들여다보면 전혀 새 것이라 당황스럽다. 삶을 살아가는 방법이 이렇게나 다양했나. 그러면 안나는 말한다. 하모, 다양하지. 그러니까 틀린 것도 없지.

게으름을 종용하는, 적당히를 종용하는 안나 덕에 나는 주말에도 조금 더 늘어졌다가 일어날 수 있다. 조금 더 누워 있어도 괜찮다. 곧 일어나서 할 일을 할 것이기 때문에.

○

닳고 닳은
묵주알

적색의 묵주알은 반질반질했다. 안나가 하도 쥐고 굴려서 빛이 더 바랜 느낌이었다. 안나는 묵주알 하나에 기도 하나를 꾸역꾸역 담았다. 그것을 손안에서 굴리며 오직 남은 사람들의 평안만을 빌었다. 안나가 하는 기도는 굳이 묻지 않아도 누구를 향해 있는지 알 수 있었다. 안나의 달싹이는 입술 안에선 늘 가족들의 이름만이 반복되곤 했다.

누군가를 위한 기도는 쉬운 것이 아니다. 나는 기도를 할라치면 별별 것이 다 마음을 치고 지나갔다. 눈을 감으면 어둠이 덮쳐와 답답했다. 감은 눈을 자주 뜨면서 나는 마음을 바로잡아야 했다. 눈을 떠도 번거롭고, 눈을 감아도 소란스러운 날에는 기도를 포기한 적도 많았다. 이런 마음 상태로는 기도를 한다고 해도 좋은 결과를 낳지 못할 것이란 생각이 들었기 때문이다. 사실은 핑계다. 핑계지만, 어쩔 수 없었다. 마음이 요동칠 땐 무엇을 해도 제대로 되는 법이 없다.

단한 할머니, 어떻게 그렇게 기도할 수 있어?

안나 뭐를?

단한 어떻게 그렇게, 한 자리에서 움직이지 않고 오랫동안
      집중하면서 기도할 수 있냐고.

안나 매번 이렇게 해 왔응께.

단한 하루도 빠짐없이?

안나 하루도 빠짐없이 아침 저녁으로 맨날 이래 해 왔응께
      적응이 돼서 그렇지.

단한 나는 잘 안 되더라.

안나 와 잘 안 되노.

단한 눈만 감으면 자꾸 미운 사람들이 생각난다.

   안나의 나의 말을 듣곤 어떠한 대답 없이 손에서 묵주알
을 굴렸다. 묵주알이 구르는 소리는 내 귀에 닿지 않았다.
두툼한 안나의 손안에 묻혀 달그락거리고 있을 것이었다.
안나는 나에게 해 줄 적당한 말을 찾고 있는 듯했다. 굳이
나에게 위로가 될 말은 해 주지 않아도 되는데, 안나는 무
조건 어떠한 말이라도 해 주고 싶어 했다. 안나는 마음에
닿는 말을 해 주는 것에 탁월한 재능이 있는 사람이었다.
이렇게 오랫동안 생각하고, 고르고 고른 말은 나의 마음
에 깊이 새겨지곤 했다.

안나 미운 사람들이 생각나면 갸들을 위해서 기도해라.

단한 미워 죽겠는데 갸들을 위해서 기도하라고?

안나 어차피 벌은 다 받는다, 니가 지금 벌을 줄 것도 아니
       잖아, 못 주잖아.

단한 그렇지.

안나 그러니까, 그 어려운 부분은 저 위에 있는 누군가한
       테 맡기고, 니는 그냥 기도해라. 아이고 우짜까나, 이
       제 큰일 났네, 너거들은 이제 혼났다, 이렇게.

단한 내가 잘못한 것 같으면? 나는 몰랐는데 누군가 나 때
       문에 힘들 수도 있잖아.

안나 그럼 그 사람들을 위해 어이고 죄송합니다. 해야지.

  웃음이 터졌다. 심각하게 굳었던 표정이 눈 녹듯 사르르
풀어졌다. 나의 웃는 모습에 안나도 얼굴에 잔뜩 주름을
만들며 웃는다.

  나는 이러한 이야기를 듣기 위해서 종종 안나의 옆자리
를 차지하고 앉아 있곤 했다. 안나가 기도를 하는 동안, 안
나가 양옆으로 슬쩍슬쩍 움직이는 몸짓을 따라하기도 하
고 나도 갑작스레 떠오르는 가족들의 이름을 읊으며 기도
하곤 했다. 그렇게 마음이 가라앉혀지는 것 같다가도 갑
자기 훅 하고 무언가 치밀어 오르는 순간이 있었다.

  묵주알을 볼 때마다 이상하게도 나는 자꾸 날짜를 헤아

리게 됐다. 남은 시간이나 남은 날짜에 관하여서는 의식하지 않는 것이 제일 좋은데, 그래서 평소처럼 지내면 좋은데 그게 잘 되지 않았다. 무언가를 할 때마다 자꾸만 날짜와 시간을 계산하게 되었다. 정작 안나는 아무런 생각이 없어 보이는데, 홀로 바빴다. 혼자 마음이 쓰리고, 막막하고, 무언가에 늦은 것 같고, 중요한 약속을 잊어버린 사람처럼 굴었다.

시한부 선고를 받은 사람이 있는 가족은 본인들도 거치게 되는 과정이 많다는 것을 알고 있어야 한다. 나는 그것을 몰랐다. 나는 담담해지거나, 여러 번 생각을 하면서 미리 예행 연습을 하거나, 작별을 고할 마음의 준비를 하거나, 점점 변해가는 안나의 몸 상태를 챙길 생각을 하지 못했다. 그저 너무나 예전과 똑같았기에 나는 이 모든 것이 거짓말이라 생각하고, 다가오는 무언가를 두려워하기만 했다.

안나는 어제도 그렇고 오늘도 묵주를 손에 쥐고 있다. 수많은 안나의 기도가 주렁주렁 매달려 있다. 나는 내가 해야 할 것이 무엇인지 생각하며 안나의 옆에 앉았다. 안나가 노래를 흥얼거린다. 미워하는 미워하는 미워하는 마음없이, 아낌없이 아낌없이 사랑을 주기만 할 때. 어디선가 들어본 노래라 함께 흥얼거리는데, 안나가 말했다.

안나 내만 아프고, 내만 힘든 일은 고마 하자. 다른 거 하
    고 살기도 바쁘다. 잘 살기도 바쁘다.

많이 들었던 말인데 안나를 통해 들으니 더 와 닿는 것
같았다. 나는 눈을 감았다. 안나의 속삭임이 고스란히 들
려왔다. 많은 것이 떠올랐다. 많은 상황과 많은 이들이 떠
올랐다. 나는 매일 그들을 흩어지게 만들었던 손으로 이
번에는 그들을 붙잡는다. 붙잡고 기도한다. 내가 조금이
라도 잘못한 것이 있다면, 그래서 당신들의 어느 페이지
에 슬며시 등장해 밤잠을 설치게 하는 일이 있었다면 용
서해 달라고. 어려운 줄 알았는데 의외로 쉬운 기도였다.
안나 옆이라서 가능했다. 안나 옆에선 어떠한 기도도 할
수 있었다.

마음을
단디 살피는 법

오랫동안 우정을 유지하던 친구와 다퉜다. 지금은 생각도 안 나는 아주 얇은 일로 다툰 것이었는데, 둘 다 엄청나게 마음이 상했었다. 상한 마음은 쉽게 풀어지지 않았고, 시간만 흘렀다. 흐르는 시간 속에서 우리는 분명 서로를 한 번쯤 떠올리곤 했을 것이다. 하지만, 사과의 방법은 무궁무진했고 지금 상황에서 우리에게 맞는 사과와 화해의 방법은 무엇인지 알 도리가 없었으므로 우리는 계속 그것을 미루기만 했다. 그렇게 몇 달이 흘렀다.

나는 내가 괜찮은 줄 알았다. 그래서 아무렇지 않게 지냈다. 하지만, 오랜 시간 함께하던 친구가 사라진 것은 나에게 엄청난 타격을 줄 수 있는 일이 분명했다. 나는 시도 때도 없이 시무룩해졌고, 말수가 줄어들었다. 안나는 계속해서 나를 살폈다. 겉으로는 티를 내지 않았다고 생각했는데 그게 아니었나 보다. 나는 안나가 괜찮냐고 물어볼 때마다 마음을 터트렸다. 안나는 내 마음을 터트리는 버튼을 손에 쥐고 있는 것 같았다. 안나가 괜찮냐고 물을 때마다 눈물과 동시에 쌓아 두었던 마음의 둑이 무너져 내렸다.

단한 나만 잘못한 게 아닌데, 걔도 잘못했는데. 나만 이런 생각하고 있는 게 너무 분해. 아니, 나는 종일 걔한테 어떻게 사과를 할까 생각하는데 걔는 그런 생각도 안 하는 거 같아. 얼마 전에는 다른 친구들이랑 재미있게 놀러 다니는 사진을 올렸더라고. 걔가 잘 노는 건 너무 좋은 일이지만, 그치만!

   나는 아이가 되어 운다. 배신이라는 거창한 단어를 붙일 이유가 없는데도, 배신이란 단어를 연신 외친다. 안나는 나의 등을 쓸어 주었다가, 물을 내밀었다가, 머리를 쓰다듬어 주며 웃는다. 이제 곧 안나의 말을 들을 차례였다. 내가 분에 겨워 이야기를 하거나, 눈물을 뚝뚝 흘리며 이야기를 할 때 안나는 내 편이기도 했다가, 아니기도 했다. 안나는 내 이야기를 유심히 듣고, 나에게 해 줄 말을 정리했다. 나는 그 말을 받아먹으며 오랜 시간 마음을 다스려 왔다.

안나 그래, 다 알겠고. 니 맴은 우떤데.

   나는 처음에는 그 말을 알아듣지 못했다. 안나가 다시

말했다. 안나가 등을 살살 쓸어 오면서 물었기에, 나는 무엇이든 말할 수밖에 없는 처지가 되고 말았다.

안나   갸 마음은 다 됐고, 갸가 놀러 다니고 우쨌는 거는 다
        됐고, 갸 생각만 하면은 니 맴은 우떤데.

　나의 마음은 어떨까. 나의 마음은 어떻지? 섭섭함? 배신감? 단어로 정의하기에는 너무나 붕 뜬 마음이라 어떻게 말로 표현할지 모르겠다. 안나는 나를 가만히 기다려주고 있다. 나는 안나가 보내는 무언의 지지를 받으며 마음을 훑어보기 시작한다.
　사실, 화살이 나에게 오면 나는 쉽게 당황해서 다음 말을 잇지 못하곤 했다. 대체적으로 너의 마음이 어떻냐는 물음에는 잘 대답하지 못했다. 그랬던 것 같아요. 그렇게 생각했던 것 같아요. 이렇게 대답하는 것이 전부였다. 언젠가 누군가는 나에게 '자기 마음도 잘 몰라? 그런 것 같다니?'라고 말했다. 그랬다. 나는 내 마음을 잘 몰랐다. 나에게 우선은 남이었고, 다음이 나였다. 내 마음에 들어앉아서 사는 인물은 나여야 하는데, 마음 밖에서 기웃거리는 그림자에 신경 쓰느라 정작 내가 할 일은 아무것도 하지 못하고 보내는 날들이 많았다. 오늘도 그랬고. 어쩌면 내일도 그럴 뻔했다.

186

단한 나는 그냥, 마음이 너무 불편해서 이 마음이 불편한
      것이 사라졌으면 좋겠어.

안나 불편한 기 사라질라면 우예야 하노.

단한 그냥, 내가 그 애를 신경 쓰지 않거나, 화해를 하거나.

안나 먼저 화해를 청하는 기 불편하나.

단한 그렇지는 않아.

안나 그럼 됐네.

  안나가 다시 한번 덧붙였다.

안나 니 마음부터 단디 살펴야지, 남들이 우예 생각할까,
      내가 먼저 이런 이야기를 한다면 걔가 나를 우예 생
      각할까를 걱정하는 게 아니라. 니 마음을 살펴야지.
      그리고 니 마음이 하고자 하는 것을 해야지. 안 글나.

  안나의 말이 맞았다. 나의 마음을 먼저 살피는 것이 중
요했다. 나는 나의 마음을 잘 살필 줄 몰랐다. 그래서 여
태, 매번, 다른 길로 샜다가 문득 돌아옴을 반복했다.
  안나는 내가 어렸을 때부터 줄곧 나의 마음 상태에 관해
묻곤 했다. 마치 겉으로의 나와 나의 마음은 별개인 것처
럼. 어떤 일에 있어서 내가 괜찮다고 말해도 안나는 쉬이
믿지 않았다. 안나는 한 번 더 물어왔다. 말은 다르지만,

뜻은 같았다. 그래 그래, 니 괜찮은 건 알겠고, 마음은 우떤데. 그러면 희한하게도 나는 다시 나의 마음 상태를 생각하게 되었다. 안나가 말했다. 천천히 숨을 깊게 들이쉬면서 내 안으로 가라앉는 연습을 해 보라고, 여러 가지가 보일 거라고. 안나의 말은 정답이었다. 밖으로 뱉는 나의 마음과 내 안의 진짜 마음은 다른 적이 많았다.

처음에는 마음으로 가라앉는 과정이 무척이나 힘들었다. 고요한 상태가 유지되지 않았다. 처음 수영을 배우는 아이처럼 버둥거리기 일쑤였다. 겨우 숨만 내쉬거나, 너무 어두운 내면에 포기를 외치기 일쑤였다. 그래도 안나는 나를 기다려 주었다. 마음에서 진짜 하고 싶은 말만 찾아래이, 마음에서 튀어 오르는 말만 해래이. 나의 마음에는 대체 어떤 말들이 있을까. 언젠가, 적막한 새벽을 보내던 날 나는 나의 마음에 침잠하는 것에 성공했다. 그곳은 어두울 뿐 아무것도 없었다. 무언가 있기는 했는데, 잘 보이지 않았다. 깜깜한 안개가 낀 강물과 같은 느낌이었다. 무섭진 않았다. 고요한 느낌이었다. 고요하지만, 분명히 시끄러운.

안나의 집에서 잠시 나와 바깥 공기를 마셨다. 친구에게 전화를 하기 위해서였다. 전화를 거는 순간은 그리 오래 걸리지 않았다. 신호음이 가자마자 친구가 받았다. 우리는 전화를 붙잡고 엉엉 울었다. 서로가 하는 말을 알아듣지는 못했지만, 어쨌든 미안하다는 말이 절반이었던 통화였다. 전화가 끝날 무렵, 친구가 말했다.

친구 너는 용기 있는 사람이구나, 나는 너한테 연락할 용
　　　기도 못 냈어, 먼저 연락해 줘서 고맙다.

　전화를 끊고 한참 하늘을 올려다봤다. 아직도 이렇게 배울 것이 많다. 안나가 더 많은 것을 나에게 알려 주었으면 좋겠다는 생각이 들었다. 그럴 시간이 많았으면 좋겠다고 생각했다.
　집으로 발걸음을 옮긴다. 얼른 들어가 안나에게 이야기를 해 줄 것이다. 안나 덕분에 용기 있는 사람이 되었다고. 안나 덕분에 오늘 친구와 마음을 풀고 이야기를 했다고. 그러면 안나는 말하겠지. 그게 무신 내 덕분이고, 니가 한 기지.

3장

우리는
필연적으로
죽음을 향해
가고 있다

○   아픔을 멀리하고,
                                            아듀!

　꿈에서 뭔가 잘못을 했다. 꿈에서 쫓겨나 황급히 현실로
돌아왔다. 한동안 멍했지만, 그 찰나에 내가 대체 무슨 잘
못을 했는지, 대체 어떤 잘못을 했길래 현실로 내쫓겼는
지 기억이 나질 않았다. 시간이 조금 더 지나니 잘못을 했
다는 것 자체도 잊었다. 그래서 찜찜한 기분만 온종일 안
고 살았다. 왜 찜찜한지 모르겠어서 찜찜했다. 왜 찜찜한
지 몰라서 종일 이러고 있다는 것 자체가 잘못 같았고 벌
처럼 느껴졌다.
　나는 나에게 홀로 벌을 주고 있었다. 나는 절대 해결할
수 없는 문제를 앞에 둔 채, 그것을 모두 풀어야 집으로 돌
아갈 수 있는 학생이 되기도 했고 그 문제를 낸 사람이 되
기도 했다. 어느 쪽도 답을 알지 못했다. 우습게도.
　나는 평소에도 죽음에 관해 많은 생각을 한다. 나의 죽
음이 아니라, 남의 죽음에 관해. 그것에 대해 오래 생각하
는 것은 그것만으로도 나를 힘들게 만들기 충분하다. 나

는 주로 내가 아닌 남의 죽음에 대해 생각했다. 가까운 사람의 죽음을 생각하면 자연스럽게 남은 나에 대한 두려움이 저절로 따라왔다. 그가 사라지면 나는 어쩌지. 그녀가 사라지면 나는 어쩌지. 이제 다시는, 정말 다시는 볼 수 없을 텐데 그 그리움을 대체 어떡하나. 우리는 어디서 다시 만날 수 있나. 만날 수나 있을까.

생각에서 헤어나지 못해 머리가 멍할 정도로 눈물을 쏟은 날이 셀 수 없이 많다. 나는 어둠을 무서워하면서도 어두운 곳에서만 울었다. 어두운 곳에선 아무도 내가 우는 것을 모르지만, 나는 내가 우는 것을 더욱 섬세하게 느낄 수 있다. 그래서 나는 주로 어두운 곳에서만 울었다. 의외로 울음은 빨리 끝난다. 엉엉 소리 내어 울어 본 사람은 알 것이다. 울음은 금방 그친다. 민망할 정도로 빨리 그치는 날도 있다. 울기까지의 시간이 오래 걸릴 뿐이지, 울어야겠다는 생각이 드는 순간부터 그것을 행하는 일에는 그리 많은 품이 들지 않는다.

2020년 2월, 외할아버지께서 돌아가셨다. 가까운 가족의 장례는 처음이었다. 시국이 시국인지라 장례식장에는 우리 가족밖에 없었고, 우린 외할아버지의 영정을 앞에 둔 채 지나간 추억 이야기를 도란도란 나눴다. 추억을 곱씹으며 파생되는 웃음과 울음이 정확히 5:5였던 장례식.

모든 것을 끝내고 난 이후에도 뜬금없이 눈물이 나곤 했다. 모든 것에는 '이제 다시 만날 수 없다.'라는 전제가 있었다. 전화번호부를 정리하다가 보인 외할아버지의 번호에, 책상에 엎어져 울었다. 다시는 전화를 걸 수 없는 번호여서. 외할아버지란 단어만 봐도 울었다. 더이상 외할아버지라고 부를 수 있는 사람이 없어서. 그것이 참 슬프고, 외롭고, 무섭고 그랬다.

죽음과 관련된 것은 어렵다. 그리고 이기적이다. 받아들이는 것, 피할 수 없는 것, 누구나 마주하게 되는 것, 의연해야 하는 것……. 나는 언제까지고 이 모든 것을 어려워할 것이고 이 모든 것에 있어선 한없이 이기적이고, 적대적일 것이다. 다시는 경험하고 싶지 않다고 해서 다시는 경험할 수 없는 것이 아니기 때문에 두렵다. 아는 슬픔이라 더 그렇다. 내가 얼마나 힘들지를 알기 때문에 그렇다. 아니, 어쩌면 정말 모르겠어서 두렵다. 죽음을 동반한 슬픔은 갖가지의 다른 형태를 띠고 있다. 어찌해도 슬픈 건 당연하다. 발이 닿지 않는 깊은 바다에 빠진 기분에 비유할 수 있을까. 분명히 발끝에 겨우 닿는 돌 하나가 있었던 것 같은데, 없는 기분. 안다고 착각하는 것이 가장 무서운 것이다. 우리는 죽음을 안다. 우리는 죽음을 알지만 모른다. 죽음이 들어간 단어나 문장과 생각은 전혀 예측할 수 없다. 오로지 죽음만이 명확하다.

나는 죽음이 하나만 했으면 좋겠다. 그냥 슬픔만 줬으면 좋겠다. 하지만, 죽음은 하나만 줄 생각이 없다. 슬픔과 더불어 깨진 유리의 파편처럼 날아드는 각종 죄책감과 분노와 후회와 남은 사랑과 어찌할 바 모르겠는 그 감정을 마구 흩뿌린다. 우리는 날아드는 감정을 피할 수가 없다. 그러니 벌써부터 두렵다.

어쩔 수 없으므로, 나는 내가 할 수 있는 만큼만 하려 한다. 올라타 있는 기차에서 몸을 뒤로 젖힌다고 해서 기차가 뒤로 가는 것은 아니니까. 결코 익숙해질 수 없고, 잊을 수도 없겠지만. 딱 내가 할 수 있는 만큼만, 내가 슬퍼할 수 있을 만큼 슬퍼하기, 내가 아파할 수 있을 만큼 아프기, 내가 견딜 수 있을 만큼 견디기. 슬픔의 범위는 날이 갈수록 조금씩 넓어질 것이고, 그만큼 마음을 아물게 하는 힘의 범위도 넓어질 것이다. 그것이 마음의 재생력이다. 나는 그 마음의 재생력을 믿는다. 믿어야지.

외할아버지께서 돌아가시고 난 후에는 그가 쓴 일기만이 남았다. 일기가 쓰여 있지 않은 날에는 '잊고 않씀'이라는 글씨가 시원스럽게 적혀 있다. 잊어버리고 쓰지 않음. 잊어버림. 나는 줄곧 무언가를 잊는다는 행위를 굉장히 죄스럽게 생각하곤 했다. 그래서, 무언가를 잊는 것보다 잊지 않으려 아등바등 쥐고 있던 날들이 많았다. 안나가 이곳에 머무는 시간이 줄어든다는 것을 몸으로 느끼면서는 더더욱 그랬다. 잊으면 안 돼, 모든 것을 잊으면 안 돼.

잊지 마. 기억해.

그것이 오히려 독이 되었다. 나의 이런 행동이 안나를 더 서글프게 만드는 것 같다. 나는 다시 마음을 다잡는다. 결코 괜찮아질 수 없겠지만, 괜찮아지기 위해 노력해 보는 것으로. 결코 잊을 수 없겠지만, 잊더라도 자책하지 않는 것으로. 내가 할 수 있는 만큼. 딱 그만큼만. 잊게 되더라도 자책하지 말기. 가끔은 잊고 쓰지 않는 것으로 내 마음 내가 달래기.

내가 무언갈
더 할 수 있을지도 몰라

○

외할아버지는 일기장을 한가득 남기고 가셨다. 하루도 빠짐없이 쓰인 일기에는 외할아버지와 안나의 하루가 빼곡하게 적혀 있었다. 외할아버지는 주로 장을 보러 가셨는데, 필요한 것들 외에도 꼭 꽃을 한 송이씩 사 오곤 하셨다. 안나는 몸이 괜찮았을 땐, 친구들과 온천을 가기도 하고 따로 시간을 야무지게 보낸 듯했다.

안나의 몸이 좋지 않아졌을 땐, 외할아버지만 밖을 다녔다. 장을 보러 다녀오고 음식을 하는 일을 전부 도맡아 하셨다. 안나는 집에 있었다. 아마 그때부터 매일 앉던 자리의 소파가 점점 내려앉기 시작했을 것이다.

나는 외할아버지의 일기장을 보며 많은 생각을 했다. 내가 모르는 두 분의 생각과 두 분의 일거수일투족을 본다는 것이 죄송스럽기도 했지만, 궁금한 마음에 자꾸만 페이지를 넘겼다. 외할아버지의 일기는 여느 일기처럼 감정을 담은 것이 아니라 거의 어떤 것을 했는지에 관한 일과

가 적혀 있었다. 외할아버지의 글씨로 적힌 나의 이름은 곳곳에서 보였다. 그중에 한 꼭지에서 멈춰 섰다. 멈출 수밖에 없었다. '단한이 생일인데 용돈을 줄 수가 없어 아쉽다. 해 줄 수 있는 것이 없네.'라고 적혀 있었다. 아닌데. 나는 나도 모르게 웅얼거렸다. 나는 많이 받았는데. 정말이지, 나는 둘에게 받지 않은 것이 없었다. 사랑부터 시작해서 모든 감정을 고스란히 다 받았다. 감사히 받았고, 아쉬운 것이 하나도 없었다. 그럼에도 불구하고, 외할아버지는 이렇게 썼다. 해 줄 수 있는 것이 없다고.

요즘 내가 너무나도 많이 하는 생각이자 후회다. 이런 생각은 계속해서 내 머리를 울리고, 급기야 '무언가를 할 수 있을 때 좀 열심히 할 걸.'이라는 생각에 머물게 만든다.

처음 독립출판을 진행하게 된 것은 외할아버지가 돌아가시고 난 후였다. 조금이라도 더 빨리, 게으르지 않게 행동했으면 첫 독립출판물을 외할아버지에게 보여드릴 수 있었다고 생각한다. 그러질 못했다. 그러질 못해서 마음에 무언가가 남았다. 직접 보여드릴 수 있었던 것을 영정 사진에 들이대면서 나는 생각했다. 앞으로는 더 빨리 움직여야지, 할 수 있는 것을 총동원해서 안나에게는, 안나에게는 꼭 직접 보여 줘야지 생각했다.

하지만, 그마저도 어려워졌다. 안나는 점점 모든 것을 잊고 있다. 안나는 이제 수화기 너머의 나를 기억하지 못한다. 우리가 나눈 이야기는 나만 아는 이야기가 되었다. 나는 그것이 확실해질까 두려워 안나에게 그 어떤 것도 묻지 않았다. 나는 안나가 나와 나눴던 모든 이야기를 잊는다고 해도 슬프지 않을 수 있도록, 그것이 정말 없었던 일이 되지 않도록, 모든 것을 놓치지 않을 것이었다.

시간은 더디다가도 주체할 수 없이 빠르게 흐른다. 그러니까 어떠한 부분에서는 더디고, 어떠한 부분에서는 빠르다. 그렇게 흘러가도록 조율이 되어 있는 것 같다. 죽음이라는 단어 앞에서는 특히 더 그런 것 같다. 죽음 앞에서 무력해지는 것은 시한부를 선고받은 당사자뿐만 아니라, 그에 속한 모든 이들이 함께 겪는 감정이다. 피할 수 없는 것이다. 피할 수 없어서 즐길 수 있는 것도 아니다.

문득 화가 난다. 사람들이 모두 끝을 향해 산다는 것이. 이렇게 열심히 살아도 끝이 있다는 것이 화가 난다. 화가 나면서도 안심이 된다. 모두에게 끝이 있다는 것이. 나도 그렇게 살고 있고, 모두가 그렇게 살고 있다면 그리 억울할 것도 없다는 생각이 든다. 그런데 다시 화가 난다. 왜 편안한 죽음이라는 것은 늘 보장되어 있지 않는 것인지. 나는 안나가 아프게 가지 않았으면 좋겠는데, 나의 바람은 그저 한낱 바람이 되곤 한다.

가끔은 다가올 슬픔을 도무지 가늠할 수 없어 막막할 때가 있다. 내가 있어야 하는 곳은 어디인지, 머물러야 할 곳은 어디인지, 가야 할 곳이 어디인지 알지 못해 주춤거리는 발걸음은 특히 새벽에 조금 더 깊숙이 나의 마음에 발자국을 찍는다. 불쑥불쑥 고개를 내미는 생각들은 내가 원치 않는 순간에도 기어이 나와 시선을 맞췄다. 대부분, 막막하고 깊고 어둡고 바닥의 먼지를 잔뜩 덮어쓴 것들이다.

새벽이 되면 자주 막막하다. 새벽에는 다음 날의 활기찬 나를 기대하지만 아침 해가 뜨면 나는 또 어제와 같은 사람이다. 무심코 시계를 올려다본다. 곧 안나와 전화를 할 시간이다. 아니, 안나와 전화를 했던 시간이다. 나는 이제 안나에게 마음대로 전화를 할 수가 없다. 안나는 전화를 받고도 내가 무슨 말을 하는지, 내가 누구인지 모를 것이다. 그래도 전화를 하고 싶었다. 할 수만 있다면, 대체 내가 어떻게 이 마음의 불안을 잠재워야 하는지 묻고 싶었다.

안나와 전화를 하지 않으니, 이 세상에서 나를 걱정해 주는 사람이 사라진 것 같은 기분이 든다. 미처 하지 못한 이야기가 마음을 틀어막아 답답하다. 사랑한다는 말을 외치지 못해 입이 근질거린다. 모든 것이 꽉 막혀 순환되지 않는다. 얼굴은 노랗게 뜨고, 손끝과 발끝이 저린 느낌이 든다. 이마저도 어떻게 해야 할지, 안나에게 묻고 싶었다. 안나의 아무렇지 않은 위로가 절실한 밤이다.

봄날은
간다

○

　이런 노래가 있다는 말로 안나의 노래는 시작된다. 마치 누군가의 이야기를 들려 주는 것처럼, 안나는 노래를 참 찬찬히 불렀다. 안나는 노래를 시작하고 싶을 때 시작하고, 끝내고 싶을 때 끊었다. 중간부터 부를 때도 있었고, 딱 마지막 한 소절만 부를 때도 있었다.

　'연분홍 치마가 봄바람에 휘날리더라'라고 시작하는 이미자와 백설희의 노래는 안나의 애창곡이었다. 안나는 노래를 참 구슬프게도 불렀다. 옥구슬이 또로로, 제대로 굴러가는 것이 아니라 굴렀다가 멈췄다가 다시 또 다른 방향으로 굴렀다가 왔던 길을 되돌아 구르는 식의 창법이었다. 끊길 듯, 끊길 듯 끊이지 않던 노래는 가사의 뜻을 더욱 명확히 한 채 나의 귀에 닿았다.

　나는 안나가 '꽃이 피면 같이 웃고 꽃이 지면 같이 울던', '별이 지면 서로 웃고 별이 지면 서로 울던'이라는 가사를 읊을 때가 가장 좋았고, 슬펐다. 안나의 노래만 들으면 마음이, 감정이 삼각형이 되어 몸 안을 마구 굴러다니는 느낌이 들곤 했다.

　나는 안나가 부르는 노래에 특히 약했다. 안나는 노래를 멋들어지게 잘하지는 않았지만, 특유의 발성과 감성으로 멋진 순간을 만들어 내곤 했다. 나약해진 날에 안나의 노래를 들으면 마음이 촉촉해졌다. 그러면 이런 생각이 드는 거다. 감정이 가진 기본적인 모양이 있다면 그건 동그라미가 아니었을까? 안나를 만날 때마다 나는 뜬금없는 순간에 마음이 깎이곤 했다.

　요즘 들어 늘어난 기침, 한 번에 잘 먹던 약을 몇 번에 나누어서 먹는 모습, 물 한 컵도 제대로 마시지 못해 반은 흘리고 반은 겨우 마시는 모습, 자꾸만 껍질이 벗겨지는 피부 탓에 약을 바르는 모습……. 이런 모습을 볼 때면 나는 동그라미였던 감정이 삼각형이 될 때까지 자꾸만 깎이는 느낌이 들었다. 이제 완전한 삼각형이 된 감정은 내 몸의 곳곳을 돌아다니며 나를 콕콕 찌른다. 안나의 노래가 시작될 때는 조금 더 선명하게 그 감정이 느껴지곤 했다.

안나　내가 글은 몰라도 노래 하나는 음청시리 좋아했거든. 그래서 그 한 번 들으면 가사를 다 외우고 그랬어. 가사 뜻도 모르고 어렸을 때부터 주구장창 불렀지. 그래야 시간이 좀 빨리 가는 느낌이었거든.

단한 시간이 왜 빨리 갔으면 좋겠었는데?

안나 일하기가 힘들었으니께. 돈을 벌기가 힘들었으니까,
      그냥 우야든 시간이 빨리 갔으면 좋겠으니까 그렇게
      흥얼거리는 기라.

단한 노동요 이런 거였겠네.

안나 그라체. 노동요 이런 것이 괜히 있는 게 아니지. 그렇
      게 부르다 보면은, 시간도 다 가고 기분은 기분대로
      좋고. 가사 내용을 제대로 알고, 마 딱 각 잡고 부르
      는 것이 아니니까 슬픈 노래 불러도 일 끝나면 기쁘
      고 그란 기라.

  안나의 말은 정답이었다. 안나가 부르는 가사에는 그리
큰 의미가 담겨 있지 않았다. 떠나는 이를 보며 안타까움
에 눈물을 훔치는 가사를 부를 땐, 남은 자의 마음이 아니
라 떠난 이가 되어 홀가분하게 부르는 것 같을 때가 많았
다. 또 다시는 만나지 말자는 의미의 극악무도하게 슬픈
가사도 아무렇지 않게 불렀다. 정말 미련 없이 떠날 사람
처럼.

  노래에서의 안나가 말하는 사랑은 사랑이 아니라, 이별
같기도 했다. 하나도 슬프지 않은 이별. 예정된 이별. 다
시 만날 수 있을지, 어쩔 수 없이 여기서 끝인지는 모르겠
지만, 아무튼 이별. 담담한 이별과 같이 들렸다. 바쁠 것이

없는 느긋한 음과 슉슉 새어 나오는 발음이 묘한 조화를 이루며 하나의 새로운 노래를 탄생시키기도 했다. 안나가 부르면 모든 노래와 박자가 새로 태어났다. 나는 안나의 입에서 처음 만들어져서 나오는 노래를 가만히 알아듣는 시간이 좋았다.

단한 이건 완전히 처음 듣는 노래인 것 같은데?
안나 아이다, 이런 노래 있다. 들어 봐라.

두툼하고 무거운 손을 내 무릎 위에 얹어 놓고 노래를 부른다. 나는 그런 안나의 얼굴을 본다. 안나는 노래를 부를 때 눈을 감고 부른다. 안나가 보는 저 너머에 무엇이 있는지 나는 모른다. 힘들 때마다 안나의 삶에 하나의 문장이 되어 주었던 노래들. 안나는 노래가 끝나면 아주 천천히 눈을 뜨곤 했다. 잠시 어딘가를 다녀온 표정으로. 나는 이 노래를 영영 기억하지 못할 것 같았다. 나에겐 안나가 노래를 부르는 모습만이 남을 것이므로.

노래가 가진 힘과 안나가 가진 힘이 합쳐져 나를 넘어뜨린다. 나는 한참 동안 일어날 생각이 없다. 안나가 방금 부른 노래를 곱씹어 보려 해도 기억이 나지 않는다. 안나는 그새 다른 노래를 부르고 있다. 여러 가지의 노래가 합쳐진 것 같은 느낌이 들기도 한다. 노래는 밝았다가 저물었

다가 한다. 나는 안나가 영원히 끝나지 않을 노래를 불렀
으면 했다.

이제 슬플 일만 남았다, 그치?

이모에게서 문자가 도착했다. 이제 슬플 일만 남았다, 그치? 많은 뜻이 함축된 말이었다. 도저히 익숙해지지 않는 어떤 것에 관한 두려움이 살짝 묻은 말이기도 했다. 앞으로 보아야 하는 수많은 죽음에 관련된 말이었다. 언젠가 서로의 죽음을 보게 될 날도 오겠지. 나는 이모가 나의 죽음을 본다든가, 내가 이모의 죽음을 보는 것까지는 아직 생각하고 싶지 않았기 때문에 그저, 그렇네 하고 말았다.

이모는 나와 감정의 결이 비슷한 사람이었다. 우리는 눈에 보이는 사실 말고도 그 이후를, 그 전을, 그 속을 혼자 상상하느라 마음 아파하는 축에 속하는 사람들이었다.

그런 이모와 나는 벌써 한 번의 죽음을 같이 지냈다. 외할아버지를 보낸 일이었다. 이모와 나는 있는 힘을 쥐어짜서 서로를 담담히 달래 주려 했고, 그러다 속절없이 터진 눈물에 엉엉 울기도 했다. 그런 일을 또 반복해야만 하다니. 생각만으로도 지치는 기분이 들었다. 도저히 익숙해질 수 없는 슬픔이다. 도저히 담담해질 수 없는 슬픔이다.

이모가 말한 우리에게 남은 '슬플 일'에는 여러 가지가 있었다. 우리가 서로 아는 모든 이들이, 모든 동물이 거기 속해 있었다. 내가 키우는 강아지, 이모가 키우는 강아지도 거기서 눈을 말똥말똥 뜬 채 우리를 올려다보고 있다.

모든 걱정과 갈망과 힘듦과 괴로움이 오묘하게 섞여드는 새벽이면 이모와 나는 제대로 눈을 뜰 수 없었다. 죽음의 대기표를 손에 쥔 무언가들이 자꾸만 떠올랐기 때문이다. 다시 만날 수 없다는 것은 너무나 가혹한 벌이다. 산 사람은 살아야 한다는 것은 수없이 듣고 반복해 알고 있다만, 막상 그 순간에는 그런 위로가 아무짝에도 쓸모가 없다.

단한　이오, 이거 진짜 좀 너무한 거 아냐?

이모에게 문자를 보냈다. 이오는 내가 이모를 부르는 애칭이다. 어렸을 적, 발음을 제대로 하지 못했을 때 이모를 이오라 불렀다. '미워'는 '미역'으로 말하곤 했는데 이 두 단어는 당시 나와 가장 재미있게 놀아 주고, 나를 잘 놀리기도 했던 이모에게 내가 매일 뱉었던 말이었다. 이오미역. 이오미역!

지금은 이오가 미역하지 않다. 이오는 대단한 사람이다.

오랫동안 끓는 냄비 같던 감정을 혼자서 차분히 식힌 사람이다. 이오는 안나의 둘째 딸로서 할 수 있는 모든 것을 다 했으며, 지금은 안나와의 모녀 사이에 있어 섭섭했던 것을 모두 다 내려놓았다고 했다. 감히 상상할 수 없는 마음이다. 그러므로 존경할 수밖에 없었다. 그렇게 말하는 이오의 마음을. 누군가의 모든 것을 용서하고 덮는 일이 과연 가능한 일인가. 어쩌면 그것은 너무나 어려워서 사랑이나 죽음처럼 품이 큰 단어를 앞에 두지 않고서는 쉽게 행할 수 없는 일일지도 몰랐다.

그러니 내가 부르는 '이오'란 애칭에는 사랑과 존경이 가득하다. 사랑과 연대와 서로가 곁에 있다는 것을 알리는 신호도 포함되어 있다. 밑도 끝도 없이 너무한 거 아니냐고 묻는 나의 말에도 이오는 찰떡같이 내 말을 알아듣고 답을 했다.

이모 그러게, 너무하다. 정말 너무하다. 이모도 종일 집중이란 것이 안 된다. 언젠가 겪어야 하는 일이긴 하지만, 대체 이게 무슨 일인지, 어떻게 받아들여야 할지 모르겠다.

이오의 답장을 보곤 참았던 숨을 뱉어 본다. 숨을 언제부터 참고 있었는지도 모르겠다. 그렇다. 지금 이오를 포함한 우리 모든 가족은 숨죽이며 살고 있다. 죽음과 대치하고 선 안나를 생각하며.

안나를 생각하고 걱정하는 사람이 많다. 모두가 안나를 위하는 사람들이다. 하지만, 모두가 같은 죽음의 모양을 볼 수는 없을 것이다. 안나가 세상을 등지는 것과 동시에 우리 마음에 생기는 슬픔의 모양은 각기 다른 것일 테니. 내가 받는 슬픔이 다르고, 이오가 받는 슬픔이, 엄마가 받는 슬픔이 다를 것이다. 우리는 서로 다른 크기와 모양과 깊이를 가진 각자의 슬픔을 지닌 채 꾸준히 안나를 기리겠지.

이제 슬플 일만 남은 나는 답답하다. 우리는 안나의 죽음을 기다리는 것이 아닌데, 마치 카운트다운을 하는 심정이 되었다. 원치 않는 카운트다운이다. 아무도 기뻐하지 않는 시간이다. 안나가 시한부 선고를 받은 날부터 쭉 그렇다. 불을 붙인 폭탄을 손에서 손으로 넘겨받는 느낌이다. 폭탄이 언제 터질지는 아무도 모른다. 언제쯤 터질 것이라는 모든 예측도 신뢰를 잃은지 오래다. 터질 거라는 것은 아는데, 언제 터지는지, 터지기나 할는지. 희미하게 불이 붙은 폭탄을 꼭 껴안고 자는 날들이 반복되고 있다.

8년 동안 안나를 보았던 주치의 선생님께서는 안나가 그동안 아주 잘 버렸다는 표현을 하셨다. 원래 이 상황이 조금 더 빨리 왔을 수도 있었는데, 딸들이 관리를 잘해 주어 이 정도까지 온 것이라고. 안나는 그 말을 듣고 고개를 끄덕였다. 끄덕이며 그랬다. 가야지요, 이젠. 나는 그 이야기를 전해 듣곤 어리둥절했다. 어딜? 어딜 간다고?

주치의 선생님은 안나에게 남은 시간이 짧으면 2개월, 길면 6개월이라 했다. 2개월과 6개월 사이에 큰 괴리감이 느껴졌다. 안나가 2개월과 6개월을 살아내는 모습을 상상했다. 별별 생각이 다 들었다. 마음이 시든 느낌이 들었다. 나는 그때부터 시들게 살았다. 아니, 모든 가족이 그때부터 그렇게 살았다. 무더운 8월의 한여름이었다.

시한부 삶을 사는 이의 가족들은 저절로 시한부의 삶을 살게 된다. 선고를 받은 것을 당사자가 모른다면, 그것을 알려 줘야 하는 몫까지 고스란히 떠안게 된다. 물론 주치의 선생님이 잘 이야기해 주시지만, 안나의 경우에는 좀 달랐다. 안나는 시간이 지날수록 무언가를 자꾸 잊어버렸다. 자신이 어떠한 병을 앓고 있는지, 어떠한 삶을 살고 있는지, 얼마만큼 남았는지, 죽음이 왜 자신에게 다가오고 있는지를 가끔 아주 간단하게 잊곤 했다.

그럴 때마다 우리는 그것을 상기시키며 가슴에 또 한 번의 상처를 스스로 긋곤 했다. 곪지 않고 그저 따끔거리는 정도였지만, 이것이 나중에 어떤 후유증을 가져올진 아무도 알 수 없는 일이었다.

반복되는 선고가 이어졌다. 안나는 죽음을 알다가도 몰

랐다. 이오의 말이 맞았다. 정말, 이젠 슬플 일만 주구장창 남은 것이었다.

그냥, 알려 주지 말자. 그냥, 편하게 있다가 가시게끔 하자. 나의 말에 가족들은 동의했다. 하지만, 헛된 희망이 독이 되어 돌아왔다. 안나는 자신이 아무리 약을 먹고, 병원을 다녀도 몸 상태가 나아지지 않는다며 괴로워했다. 이오와 엄마는 안나가 자신의 인생이 어느 방향으로 가고 있는지 스스로 알아야 할 필요가 있다고 생각했다. 또 우리는 옆에서 그것을 도와줄 의무가 있다고 생각했다. 잊으면 다시 알려 주고, 곁에서 함께 할 일이 있으면 함께 해 드리면 된다고.

안나는 자신의 남은 생에 관한 이야기를 듣고 또 들었다. 안나는 의외로 담담했다. 살짝 눈물을 훔치기도 했지만, 그뿐이었다. 안나는 다시 일상을 살았다. 꾸준히 지금의 상태를 유지할 수 있는 보호제를 먹으며.

당장 죽음 앞에 선 안나의 모습이 자꾸만 어른거렸다. 글씨를 배우고 싶다던 수줍은 안나의 모습이 자꾸만 떠올랐다. 나는 안나를 위해 공책을 만들었고, 안나가 가장 배우고 싶다던 당신의 이름을 그곳에 몇 번이나 큼지막하게 썼다.

어느 날부터 안나는 자신의 이름을 쓰면서 화를 냈다. 쓰는 만큼 빠르게 지쳤다. 펜을 들지 않는 날이 늘었다. 안나는 내가 만들어 준 교재를 다 쓰지도 못하고 요양병원으로 향했다.

  내가 쓴 글을 그녀는 읽지 못하고, 그녀가 쓸 수 있었던 글도 나는 읽지 못한다. 나는 글을 쓰면서 답답한 감정을 어느 정도 풀어내며 산다. 누군가에게 이야기하지 못하는 부분을 쓰면서 푸는 것이다. 나쁜 감정을 쓴 종이를 찢는 것으로 스트레스를 풀기도 하고, 울음을 터뜨리기도 한다. 어쨌든 모든 것이 쓰는 것을 기반으로 한 행동이다. 쓸 수 있기에 조금씩 견디며 살고 있다.

  나는 가끔 글씨를 쓸 줄도 알고, 읽을 줄도 아는 안나를 상상해 본다. 나의 상상 속에서 그녀는 그녀가 살아온 만큼이나 두둑한 일기장을 가지고 있다. 가끔 떠오르는 생각을 휘갈긴 메모도 있다. 주변의 풍경을 옮겨 놓은 감상도 있다. 나는 그것을 읽고 싶지만, 읽을 수 없다. 영영 읽을 수 없는 글.

  시간이 지날수록 내 생명이 깎이는 것만 같은 생각도 든다. 그렇게 깎인 것이 안나에게 간다는 보장만 있으면 이리 억울하진 않을 것이었다.

나 홀로
집에

○

안나의 손을 잡고 걸었던 길을 혼자 걸었다. 내가 안나의 집에 도착할 무렵, 늘 베란다 창가에 서서 나에게 손을 흔들곤 했던 안나가 보이지 않았다. 안나는 요양병원에 있다. 나는 지금 외할아버지도 없고, 안나도 없는 외갓집으로 발걸음을 옮기는 중이었다.

외갓집에 가고 싶다는 생각이 들었던 건 순전히 즉흥적인 생각이었다. 그냥 가고 싶었다. 어렸을 적, 나에게 외갓집이라는 공간은 늘 시끌벅적할 수밖에 없는 곳, 그간 만나지 못했던 이모와 이모부를 만날 수 있는 곳, 나와 다양한 놀이를 해 주는 외할아버지와 나를 품에 안고 한시도 놓지 않는 안나가 있는 곳이었다. 그런 곳에 혼자 간다는 것은, 이젠 아무도 없는 집에 혼자 간다는 것은 대단한 용기가 필요한 일이었다.

주변의 감성에 젖을 시간도 없이 나는 계단을 올랐다. 안나의 집은 빌라 현관에서 다섯 칸 정도의 계단을 올라

가면 있었다. 1층의 오른쪽 집. 가져온 열쇠로 문을 열었다. '야가 미쳤나, 안 바쁘나!'라며 덧버선을 신은 귀여운 발로 뛰어와 니가 왜 거기서 나와 표정을 지어야 할 안나가 보이지 않아 입구에서부터 서글펐다. 없다, 아무도 없는 집. 나는 조용히 문을 닫았다.

집으로 들어서자마자 부엌 쪽에 보이는 외할아버지의 영정 사진에 인사하고, 가만히 거실의 소파에 자리를 잡고 앉았다. 안나는 매번 오른쪽 제일 끝에 자리를 잡고 앉곤 했다. 누가 와도 거기는 안나의 자리였다. 안나는 아주 가끔 나에게 그 자리를 내어 주곤 했는데, 다른 곳보다 훨씬 더 푹 꺼진 자리는 안나가 얼마나 오랫동안 그곳에 앉아 있었는지 새삼 느끼게 해 주었다.

내가 말을 하지 않으니 아무도 말을 하지 않았다. 아무도 없었으니 가능한 일이었다. 입구에서 문을 열고 들어왔을 때부터 마음이 철렁했다. 안나의 집 신발장에는 '여기 들어오는 모든 이에게 평화'라고 쓰인 나무판이 아름답게 걸려 있다. 나는 평화를 찾아보려 심호흡을 한다. 꼬릿꼬릿한 외갓집의 냄새가 코로, 입으로 들어왔다.

아무도 없는데, 정말 아무도 없는데도 모두가 잠든 집을 걷는 것처럼 나의 발걸음은 조심스럽다. 책상이 있는 작은 방은 내가 가끔 들어와 놀곤 하던 곳. 뭐가 나오고, 뭐가 나오지 않는지 모를 무수한 펜과 커다란 지구본이 책상 위에 널브러져 있다. 운동을 위해 산 러닝머신은 아직 걷지 못한 옷가지들이 늘어져 있다. 나는 그것을 조심히 지나쳐 안나의 방으로 들어선다. 안나가 기도하고, 자는 공간. 어렸을 적의 나의 사진이 마구 붙어 있다. 조금 커서의 사진은 뒤쪽으로 밀려나 있다. 안나는 나의 어린 시절을 사랑해 주는 사람이다. 그래서, 안나의 방에는 나의 어린 시절 사진이 많다. 이모의 사진과 엄마의 사진도 가득하지만, 본인의 사진은 없다.

거실과 주방을 지나 커다란 안방으로 향한다. 그곳은 외할아버지가 지내셨던 곳. 자개장의 위엄은 그대로다. 남아 있는 것은 많이 없지만, 나는 이곳에서 놀았던 어린 시절을 기억한다. 모든 것이 나의 장난감이었던 때, 그러니까 모든 것이 나의 장난감일 수 있도록 두 분이 배려를 해주었던 때.

안나가 나를 향해 손을 흔들어 주었던 베란다에 와서 섰다. 요양병원에 가기 전 널어놓았던 빨래는 바짝 말랐다. 성격이 급한 안나는 빨래의 물기가 사라지자마자 얼른 걷어냈을 텐데. 서글퍼지기 전에 나는 베란다를 벗어난다. 마음을 추스르기 바빠 구석에 놓여있던 화분들에 물을 주지 못했다. 안나가 들었다면, 분명 잔소리를 했겠지.

안나 뭐시 그리 바쁘다고, 갸들 물이나 좀 주고 오지.

나는 다시 안나의 자리에 앉는다. 안나의 자리는 집 안의 곳곳이 눈에 들어오는 자리다. 안나의 목소리가 들려오는 것 같다. 밥 잘 묵고, 약 잘 묵고, 이 더러븐 세상에서 악착같이 살려면 좋은 마음만 가지고 살아야 된데이. 나쁜 마음을 다 버려라. 그리곤 중얼거리던 말. 집에 사람이 없어서 그런가, 자꾸 혼잣말을 하게 된다던. 그땐 웃어 넘겼지만, 이제야 조금 알 것 같았다. 가만히 앉아 있으려니 나도 자꾸 말을 하고 싶어졌다. 할 말은 없었지만, 어떤 말이든.

안나의 일상

아침의 안나는 멍하게 자리에 앉아 한동안 정신을 차리지 못했다. 내가 지금 있는 곳이 며칠 전 입원했던 병실인지, 아니면 그토록 가고 싶어 했던 집인지를 파악하지 못했기 때문이었다. 한참 자리에 앉아 있던 안나는 잠시 현기증이 일어 그대로 다시 자리에 눕는다. 천장이 일렁이고, 성모 마리아와 예수님을 그려 놓은 그림이 일렁인다. 순간, 안나의 마음도 일렁인다. 건강했던 자신의 모습이 어렴풋이 떠올랐다가 사라진다. 서글퍼질 새도 없다. 약을 먹을 시간이다. 어지러움을 딛고 천천히 일어나 약이 한가득 들어있는 서랍을 열었다.

가지각색의 약은 저마다 크기가 다르다. 안나는 그중에서 자신이 지금 순간에 먹어야 할 약을 정확히 알고 있다. 아침에 먹는 약, 아침에 어지러울 때 먹는 약, 아침에 일어나서 바로 먹는 약. 안나는 늘 머리맡에 물을 다섯 컵씩 두고 잠을 잔다. 새벽에 물을 많이 마셨는지 남은 것은 한 컵

뿐이다. 안나는 한 컵으로 손바닥을 가득 채운 약을 먹고 거실로 나선다.

아침 기도를 하기 전, 안나는 집 안을 아주 천천히 둘러보며 모든 사물을 깨운다. 이제 막 잠에서 일어난 모든 것들은 찌뿌둥하다. 할아버지 영정 사진에 간단한 인사를 건넨 할머니는 화장실로 향했다가, 볼일이 끝난 후 다시 방으로 들어가 자리를 잡고 앉는다. 기도할 시간이다.

안나의 기도는 정해져 있다. 안나는 단한을 위해 기도한다. 안나는 모든 것을 위해 기도한다. 안나의 머릿속을 헤집는 모든 이를 위해서 기도한다. 머릿속을 헤집는 이들이 안나를 좋게 했든, 싫게 했든 안나는 그들을 위해서 기도한다. 오늘 하루도 아무런 일 없이 잘 지나갈 수 있기를, 기회가 온다면 놓치지 말기를, 다치지 말기를, 잘 먹을 수 있기를, 아프지 않기를 바란다. 안나는 그 모든 기도를 끝내고 나면 다시 천천히 일어선다. 해야 할 일이 아직도 많이 남았다. 누가 시킨 것도 아닌데, 안나는 바쁘다. 안나는 매일 바쁘다. 눈을 떠서부터 감을 때까지 쉬지 않고 무엇을 한다. 그러면서는 푸념처럼 뱉는다.

안나 이놈의 집구석, 치워도 치워도 끝이 없네. 죙일 움직이면서 치우는데 티가 하나도 안 나노.

중얼거린다. 아침부터 저녁까지 안나는 똑같은 일상을 살았다. 매번 똑같아도 은근히 다른 일상을 사는 나와 달리, 안나는 거의 매일 비슷했다. 시간 맞춰 꽃에 물을 주고, 시간 맞춰 TV 프로그램을 섭렵했다. 시간 맞춰서 해야 하는 일을 안나는 척척 해냈다. 가끔 잊어버린 일은 다시 생각난 것을 기쁘고 감사하게 생각하며 늦지 않게 행했다. 그러다 보면 다시 저녁이었다. 안나는 집에서의 모든 것을 천천히 해내며 살고 있었다.

안나의 집에 방문할 때, 안나의 집 우편물을 가지고 들어가는 것은 내 몫이었다. 내가 방문하는 날에는 가끔 각종 고지서가 도착해 있었다. 안나가 한 달 동안 이 집에서 야무지게 살았다는 증거였다. 그런데 희한했다. 저번 달에도 모든 세금의 합이 16만 원이었는데, 이번에도 그랬다. 정해진 안나의 일상이 숫자로 계산되어 나온 것 같은 느낌이 들었다.

단한 다 합쳐서 16만 원. 신기하네.
안나 뭐가 신기한데.
단한 아니, 전에도 16만 원이었는데, 이번 달에도 16만 원이잖아. 근데 똑같이 나온 게 아니라 저번달에는 전기료가 좀 더 높았는데 이번에는 낮아졌어. 근데도 모든 합이 16만 원인 게 신기하네.

안나는 나의 말을 듣곤 고개를 끄덕이는 둥 마는 둥 했다. 그러다가 문득 밖을 내다보며 말했다.

안나 물세는 많이 안 나왔나.

단한 수도세? 보자, 응. 많이 안 나왔는데.

안나 이번에 꽃에 물을 많이 줬거든. 원래 죽을 줄 알았는데……. 아니, 관리 안 해 줬으면 벌써 죽었지. 죽고도 남았지. 저걸 우예 다 치우나 했는데, 물만 주면 쑥쑥 자라는 기라. 그래서 지금 풍성하다.

단한 어디에, 밖에?

안나 너거 할아버지가 아끼던 거. 남기고 간 거.

나는 베란다로 향했다. 양옆으로 길쭉한 베란다의 끝에 화분에 담긴 세 그루의 작은 나무가 있었다. 그들은 안나의 말마따나 풍성했다. 할아버지는 꽃을 좋아했다. 꽃과 나무를 좋아해서 항상 시장에 다녀올 때마다 꽃을 한껏 사오곤 했다. 안나는 그것을 방에도 두고, 거실에도 두고, 베란다에도 두었다. 안나는 외할아버지가 남기고 간 모든 것과 더불어 살고 있었다. 그래서 안나는 무척이나 바빴다.

안나 저거 물 주는 것도 일이라, 일. 하루라도 안 주면은 아차 싶다니까. 매일 지켜야 하는 일이 있으니까, 그러니까 신경이 더 쓰이지. 저거 다 떠넘기고 갔다 아이가, 너거 할아버지.

미움이 전혀 섞이지 않은 말로 안나는 한숨을 쉬며 말한다. 내가 없을 때도 꽃과 나무에 물을 주며, 안나는 분명 이러한 말을 했을 것이다. 그럼 그 이야기를 들은 꽃과 나무들은 이렇게 생각했겠지. 우리 건강하자. 우리 건강해서 안나를 마구 움직이게 하자. 매일 지켜야 하는 일이 있다는 것은 얼마나 행복한 일이냐. 우리를 잊지 않게 만들자. 자꾸 움직이고, 우리를 보면서 그래도 기뻐하게 만들자, 라고.

꽃과 나무에 물을 주는 일을 끝내고, 하루에 세 번에 걸쳐 몸이 더는 나빠지지 않게 약을 쏟아붓고, 단한이와 전화를 끝내고 나면 안나는 TV를 본다. 어제 나왔던 이들이 오늘도 나온다. 어제 본 것 같은 뉴스가 오늘도 나온다. 어제 일어난 것 같은 일이 오늘도 일어나고 있다. 안나는 시계를 바라본다. 오늘 하루가 저물고 있다. 전화기는 잠잠하다. 집 안의 모든 것들이 고요하다. 오늘도 아무 일이 일어나지 않았음에 감사하며, 안나는 하루를 더 온전히 살아냈다.

나란히
나란히 나란히

안나는 자주 일본 이야기를 했다. 자신이 태어난 일본 고베로 가자고 했다. 새벽에 보따리를 들고 방문을 나서는 모습이 포착되었다. 어딜 가냐 물으면 고베로 간다고 했다. 엄마는 안나를 달랬다. 날이 밝으면 가자고, 일단 조금 더 자자고.

이러한 일이 반복된 지 오랜 시간이 지났다. 안나는 가끔은 멀쩡하고, 가끔은 쇠약했다. 쇠약할 땐 여러 이야기가 쏟아져 나왔다. 나는 알 수 없는 이야기였다. 엄마와 이모는 가끔 기억하는 이야기였다. 안나의 시계가 거꾸로 가고 있었다. 걷잡을 수 없는 속도로 돌아가고 있었다.

안나는 혼자 있을 수 없었다. 이제는 정말 혼자 있어서는 안 됐다. 엄마와 이모는 할 수 있는 한 끝까지 안나와 함께 생활했다. 모든 것이 한계점에 닿을 무렵, 안나와 엄마와 이모는 요양병원을 택했다. 눈물과 한숨과 후회와 허탈함과 미안함이 섞인 방 안의 공기가 밖으로 흘렀다. 거실에 우두커니 앉았던 나는 동생의 어깨에 기대 울었다.

더 할 수 있는 것이 없을까? 더 할 수 있는 것이 없었다. 무슨 방법이 있지 않을까? 이것 말고는 방법이 없었다. 이게 정말 최선일까? 이게 정말 최선이었다. 그랬다. 할 만큼 했기 때문에, 더는 미룰 수 없었다. 지금 상태로는 영양제를 맞고, 그때그때 즉각적인 관리를 할 수 있는 병원의 힘이 필요했다. 안나는 엄마와 이모의 손을 맞잡고 말했다.

안나   수고했다. 잘했다. 고맙다. 힘써 준 것 다 안다, 너희
        는 할 만큼 했다.

동생과 내가 방에 들어갈 때, 엄마와 이모가 눈물을 훔치며 나왔다. 나는 내가 이 방에서 겪어야 할 어떤 순간이 겁이 났다. 소리 없는 눈물이 자꾸만 시야를 가려서 안나를 똑바로 볼 수가 없었다. 안나의 흐릿한 시야에는 나의 눈물이 보이지 않을 것이라 굳게 믿으며, 나는 계속해서 무엇인가를 말하려 했지만, 말하지 못했다. 자꾸만 눈물이 먼저 튀어나오려 해서, 목소리가 자꾸만 떨려서, 말을 하지 못했다.

안나   이리 와 봐라, 누워 봐라.

안나가 나와 동생을 자신의 양옆에 두고 눕혔다. 안나와 나란히 눕는 건 거의 처음인 일이었다. 안나는 늘 홀로 잠들었고, 홀로 일어났다. 나 역시 다른 공간에서 혼자 자고, 혼자 일어났다. 그러니 처음일 수밖에 없었다. 우리는 만나면 떠드느라 소파에서 뒹굴었다. 이렇게 안나의 잠자리에 누워 본 적은 처음이었다. 눈물이 옆으로 흘렀다. 자꾸만 귀에 맺히는 눈물을 닦느라 손이 바빴다. 안나와 나, 동생은 나란히 누워 천장을 바라봤다. 안나는 어지러운지 눈을 감았다. 동생은 이 축축한 분위기를 조금이라도 환기해 보려 안나에게 말을 걸었다. 안나는 말을 하고 싶지 않은 것 같았다. 그러다 별안간, 잠을 자자고 했다.

안나 자자, 이제. 할 것도 없는데.

요양병원으로 모시기 위해 사설 응급차를 부른 후였다. 안나는 자신이 요양병원으로 가는 날이 오늘임을 완전히 잊은 듯했다. 찰나의 순간에. 당황한 나는 천천히 일어나 안나에게 말했다.

단한 할머니, 요양병원 가시면 거기서 밥 잘 드셔야 해. 전화기를 가지고 갈 수가 없어서 따로 전화는 못 하지만, 내가 항상 마음으로 할머니 생각하고 있다는 거

알아야 해. 알았지? 건강하게 잘 드시고, 몸 관리 잘
하고 계시면 내가 바로 할머니 보러 갈게.

안나　요양병원은 안 가지.

　안나가 말했다. 안나의 시계가 다시 돌아간 것이었다.
나는 안나가 어디쯤에 있는지 몰랐기 때문에 더는 말을
이어갈 수가 없었다. 동생 역시 마찬가지였다. 동생이 그
대로 일어나 안나를 껴안았다. 날이 갈수록 말라 가는 안
나는 동생의 품에 쏙 들어왔다. 동생은 안나를 뒤에서 가
만히 안고만 있었다. 나는 그 모습을 사진에 담았다. 안나
는 사진을 찍지 말란 소리도 하지 않았다. 차라리, 사진을
찍지 말라고 해 주길. 뭐 이렇게 청승 떨면서 우냐고 나를
혼내 주길 바랐지만, 안나는 아무렇지도 않게 다시 자리
에 누울 뿐이었다.

　나와 동생도 다시 자리에 누웠다. 안나가 이불을 덮어
주겠다고 했기 때문이다. 다 큰 청년들의 목까지 이불을
꼼꼼히 덮어 준 안나는 우리의 사이에 누웠다. 안나가 말
했다.

안나　꼭 이렇게 한번 눕고 싶었거든. 이렇게 있으니 좋네.

　진작 말을 하지. 말을 하지 않으면 모르잖아. 맨날 누워

있을 수도 있었는데. 말은 입이 아니라 눈으로 흘렀다. 말이 나오지 않았다. 입을 열면 거기서도 눈물이 나올 것 같았다. 눈물이 떨어지는 건 순간이었다. 짧은 순간 많은 것이 마음을 지나다녔다. 어느 하나 제대로 멈추어 나를 바라봐 주지 않아 혼란스러웠다. 이제 나는 전화를 할 곳이 없었다. 안나는 온전한 대화가 되지 않았다. 나는 안나가 들어주기만 한다면 나 혼자라도 말하고 싶었다. 안나의 번호를 지우고 싶은 마음이 전혀 없었다. 하지만, 안나는 그 모든 것이 이젠 버거운 듯했다.

　나는 우리 셋의 모습을 남기고 싶었다. 사진을 찍는 내 내 눈물이 흘렀지만, 나란히 나란히 나란히 누운 셋의 모습은 한 컷에 잘 담겼다. 안나는 이렇게 누워 있으니 좋다는 말을 자꾸만 했다. 안나의 이불은 안나보다 큰 우리에겐 너무나 작은 것이었다. 동생과 나의 발이 삐죽 튀어나와 어정쩡한 모습을 연출했다. 그래도 좋았다. 하나도 불편하지 않았다. 불편한 것은 마음이었다. 누군가가 웃었다. 울기 전에 나오는 웃음이었다. 짧게 터지는 웃음이었다. 하지만 그 뒤론, 웃음도 울음도 그 어떠한 말도 이어지지 않았다. 밖에서 사이렌 소리가 울렸다. 나는 이불 안으로 안나의 손을 꼭 잡았다. 천장에 저런 무늬가 있었구나 더 일찍 알았으면 좋았을 걸, 생각하면서.

서른셋의 늙은 단한과
여든넷의 어린 안나

○

안나가 어려졌다. 안나는 나에게 학교를 가야 한다고 말했다. 내가 아니라 자신이 가야 한다고 말하는 것이었다. 학교를 가야 하는데 모든 사람들이 자신을 붙잡고 놓지 않는다고 했다. 안나는 나와 했던 이야기를 전혀 기억하지 못했다. 요양보호사님이 귀에 대어 주는 무선 전화기를 통해서 안나는 자꾸만 다른 말을 했다. 어린 말을 했다.

안나 지금 일본에 가야 하는데, 왜 너희 이모만 자꾸 갔다고 하노. 나를 데려가라니까. 나를. 나도 가야 하는데.

안나는 자꾸만 자신을 일본에 데려다 달라고 했다. 일본이 아니면, 다시 집에 데려다 달라고 했다. 밥은 밥솥이 하고, 국은 가스레인지가 끓이고, 빨래는 세탁기가 하는데 내가 거기 있지 못할 이유가 대체 뭐냐고 물었다. 안나는 급기야 소리를 지르기 시작했다. 요양병원으로의 발걸음

228

이 확정된 날, 가족이 모두 모여 끌어안고 눈물을 훔치고, 수고했다 얼굴을 쓰다듬던 날이 아스라이 흩어졌다. 안나는 화가 잔뜩 나 있었다. 그동안 안나의 곁에서 고생했던 엄마가 대표로 욕을 먹었다. 자신을 요양병원에 넣은 원흉이 바로 엄마라고, 안나는 목청 높여 외치고 있었다.

내가 아는 안나와 지금의 안나는 영 다른 모습이었다. 나도 내 안에 수많은 김단한을 넣고 살고 있지만, 그래도 우는 단한, 화내는 단한, 답답해하는 단한 등 다양한 단한을 안나에게 보여 준 것 같은데. 나는 우는 안나와 소리 지르는 안나, 화를 내는 안나를 처음 보았다. 안나는 나에게 늘 다정한 사람, 자신의 진심을 고이 내미는 사람이었다. 하지만, 지금은 그러한 안나를 찾을 수 없었다. 지금의 안나는 나를 당황스럽게 만들었다. 울게 했다.

나는 여태 내가 안나의 어떠한 버튼 역할을 한다고 생각했다. 안나가 힘들 때, 안나가 슬플 때, 안나가 외로울 때, 이야기를 나눔으로 인해서 우리가 잠시나마 서로를 보듬어 주고 있다고 생각했다. 마음에 묻었던 이야기를 꺼내며 후련하게 하루를 잘 시작하고, 잘 마무리할 수 있게 돕는 역할을 서로가 서로에게 충실히 해 주고 있다고 여겼다. 그런데 지금은 아무것도 아니었다. 안나와 전화를 하지 않는 김단한은 무엇도 아닌 것 같은 느낌이 들었다. 안나에게 외쳤다.

단한   할머니, 나 단한이! 단한이!

안나   단한이고 자시고, 그래서 뭐!

　돌아오는 대답은 매정했다. 내가 단한이든 말든, 하나밖
에 없는 손녀이든 말든, 안나는 아무런 상관이 없었다. 전
화를 해서 잘 지내냐고 묻고 있는 것 자체가 안나에게는
약이 오르는 행위였다. 왜 아무런 상의 없이 나를 이곳에
넣고는, 자기들끼리 돌아가며 전화를 하는지 안나는 전
혀 이해할 수 없다는 눈치였다. 엄마의 설명에도 안나는
소리를 질렀다. 자신이 언제 요양병원에 가기로 했냐면
서, 내가 언제 그랬냐면서. 나는 안나의 목소리에 점점 작
아졌다. 하고 싶은 것만 하라고, 절대 어디서든 기죽지 말
라고 당부하던 안나의 목소리와 지금의 목소리는 달랐다.
악에 받친 목소리가 이어졌다. 더는 전화를 이어갈 수 없
다는 요양보호사님의 판단하에 이야기는 끝겼다.

　잊힌다는 것은 무엇일까. 잊는다는 것은 무엇일까. 사람
과 사람 사이에 그게 가능하기나 한 일일까. 생각이 많아
졌다. 그래, 누군가를 잊을 수는 있지. 나도 많은 것을 잊
고 사는데. 누군가가 나를 잊을 수도 있지, 맞아. 그런데 그
누군가에 안나가 있어선 안 되었다. 안나가 나를 잊어서는
안 되는 일이었다. 생각지도 못한 일이었다. 그런데 그런
일이 실제로 일어나고 있었다. 아주 천천히. 선명하게.

안나　20일에 나를 데리러 온다고 해 놓고, 이 나쁜 년아!

안나에게 처음 욕을 들었다. 처음에는 놀랐고, 다음에는 울었다. 나는 차라리 내가 나쁜 년이 된 것이 마음에 들었다. 내가 천하에 나쁜 년이라서 안나가 저렇게 화가 난 것이라면, 아무 이유 없이 화를 내는 것이 아니라 누군가가 미워서 화를 내는 것이라면, 그런 거라면 다행이라고 생각했다. 이유가 없는 난동과 이유가 없는 소리침이 반복되고 있던 시점이었다. 사실, 나는 이때 그런 생각을 했다. 그래도 나랑 전화를 오래 하다 보면 괜찮아지지 않을까, 하는. 굉장히 안일한 생각이었지만, 나는 꾸준히 그 끈을 놓지 않고 있었다. 끈은 팽팽해질 수 없었다. 나는 꽉 잡고 있었지만, 안나는 느슨하게 잡고 있었다.

안나는 나와 엄마에게 소리를 지르는 것을 멈추지 않았다. 마음이 멈춘 것은 엄마와 나였다. 엄마는 앓았다. 자신의 엄마에게 온갖 욕을 듣고도 멀쩡한 사람은 없을 것이다. 어찌 되었든 화가 나거나, 눈물이 나게 마련일 것이다. 하지만, 엄마는 화를 내지도 눈물을 흘리지도 않았다. 그저 말없이 앓았다. 몸에서 티가 났다. 몸이 붓고 무거워졌다. 아무것도 하기 싫어했다. 나 역시 마찬가지였다. 나는 마음을 주로 아파했다. 그래서 울었다. 이모와 전화를 하다가도 울었다. 숨을 마시느라 뚝뚝 끊기는 목소리로.

단한 대체, 왜 그렇게, 말하는지, 모르겠어. 왜, 우리가, 미
운, 건지, 모르겠어, 나는 할머니를, 사랑하는데, 좀
더, 전화를 하고 싶은데, 전화만 제대로, 할 수 있다
면, 좋을 텐데.

이모는 나를 달랬다. 그것은 나의 잘못이 아니니 울지
말라고 했다. 마음을 좀 다스리라고 했다. 이제 슬플 일만
남았잖아, 그치? 이모가 해 준 말이 생각났다. 담담해져야
했다. 담담할 수 없었다. 이모도 해야 할 일이 많은데, 초
토화된 우리 가족을 달래느라 혼이 났다.

전화통을 잡고 대성통곡을 한 탓에 이모의 마음은 더욱
심란해졌다. 그즈음 안나는 이모에겐 꽤 멀쩡하게 전화를
받는 상태였다. 안나는 이모에게 엄마의 안부와 나의 안부
를 물었다고 했다. 나는 또 한 번 눈물이 났다. 매일 안부
를 주고받던 사이였는데, 이젠 다른 이를 통하여서 서로의
안부를 묻게 되었다. 나는 안나가 또 나에게 소리를 지를
것 같아 전화를 할 수 없었다. 이상한 말을 할 것 같아 두
려웠다. 언젠가의 전화처럼 왜 너네만 일본에 가서 노냐고
할까 봐, 자기를 여기 처넣고 노니 좋냐고 물을까 봐, 욕을
할까 봐, 나는 전화를 할 수 없었다.

전화를 할 수 없는 이유는 또 있었다. 나는 안나가 나를
완전히 잊었을까 두려웠다. 행여나 우리의 모든 것을 잊

었을까 걱정이 됐다. 내가 누군지, 우리를 기억하는지 감히 묻지 못한 이유는 그것이었다. 만약 기억하지 못한다고 하면, 내가 기억하는 것과는 상관없이 정말 모든 일이 없던 것이 될 것 같았다.

이제 나를 위로하는 안나는 없었다. 나는 내가 안나를 달래고 있는 이 이상한 순간이 영 마음에 들지 않았다. 그리고, 이러한 일도 끝이 있을 거라는 것이 나를 더 두렵게 했다. 나는 나를 달래고 싶었다. 그런데 방법을 몰랐다. 나는 나를 달래는 방법을 안나보다도 더 몰랐다. 안나는 이모에게 나를 부탁했다고 한다. 불쌍하다고, 하나밖에 없는 불쌍한 조카니 잘 챙겨 주라고 했단다. 나는 비로소 불쌍해졌다. 나는 정말이지, 이제껏 중에 제일 불쌍해진 것 같은 느낌이 들었다.

플랜 B는
없다

안나는 가끔 자신이 떠나고 난 후에 내가 지켜야 할 것에 대해 말하곤 했다. 나는 그것을 귀 기울여 듣지 않았다. 일단 어떻게든 살아질 거라는 것을 알았기 때문이다. 울다가도 배가 고파지겠지, 죽을 만큼 힘든 순간에도 밥은 넘어갈 것이다. 술을 마시기도 할 것이고, 친구들을 만나 할머니를 그리워하며 엉엉 울 수도 있을 것이다. 사실, 아직 오지 않은 슬픔을 미리 예습하는 것은 너무 벅찬 일이었다. 하지만, 나는 반복적으로 그것을 생각했다. 마음을 다지기 위해서였다. 천하의 쓸모없는 짓이었다. 다져지는 슬픔은 없었다. 이별에 대비하는 방법도 없었다.

단한 할머니가 너무 보고 싶으면 어떡하지.

나의 말에 안나는 그저 웃었다. 그러다가도 둘 다 한동안 말이 없었다. 꾸역꾸역 목구멍을 넘어오는 어떤 것을

힘껏 밀어 넣는 중인 나는 입을 열 수가 없다. 안나도 마찬
가지다. 안나는 수많은 말 중에 어떤 말을 골라 나에게 건
넬지 생각하고 있는 것 같다. 정적이 조금 흐르고 난 뒤,
안나의 목소리가 들려왔다.

안나 내가 이걸 두고 우예 갈꼬.

  울어야 할 타이밍이다. 울기 딱 좋은 타이밍. 하지만, 나
는 장하게도 울지 않았다. 그때 울지 않은 탓에 지금은 이
말만 들어도, 써도, 봐도 눈물이 난다. 나는 그저 웃었다.
웃는 것밖에는 할 수 있는 것이 없었기 때문이다. 가지 말
라는 말도, 가지 않겠다는 말도 다 소용없는 말이니 지키
지 못할 약속과 그저 허공에 흩어질 말은 하지 않는 것이
좋았다. 우리는 그것을 알고 있었다. 우리는 이미 할아버
지를 보낸 경험이 있었다. 미리 예습할 수 있는 슬픔은 없
다는 것을 안나도 나도 잘 알고 있었다. 나는 내가 계속 무
너질 것이란 걸 알았다. 오직 그것만을 정확하게 알고 있
었다. 축축해지려는 분위기에 안나가 말했다.

안나 꿈에 자주 나오면 되지.
단한 내 꿈에?
안나 그럼 누구 꿈에 나오겠노.

단한 꿈에 나와서 뭐 할 낀데.

안나 이야기도 하고, 놀아야지.

단한 하늘나라 재미있을 낀데, 내 꿈에 나와서 놀아도 괜찮겠나!

안나 하늘나라 뭐 재밌노, 니 꿈에 나오는 게 훨씬 재미있겠다.

　분위기가 슬슬 밝아진다. 분위기를 슬슬 밝아지게 하려고 노력하는 두 사람이다.

단한 출연료 받고 나올 거야? 출연료 안 줘도 나올 거야?

　안나는 곰곰이 생각한다. 나는 그게 생각할 문제냐며 깔깔 넘어간다. 소리만 큰 웃음이다. 안나가 답했다. 세상에 공짜는 없거든. 그러니 출연료 생각을 좀 해 봐야 할 것 같은데. 우리 둘은 또 웃는다. 울지 않고 웃어서 다행이었다. 나는 말하지 않고 생각했다. 안나가 떠나지 않고, 내가 울지 않을 플랜 B는 없다고.

○   하이힐을 신고
                       산에 오를 것이다

　안나는 신발장을 정리하고 싶다고 했다. 외할아버지의
신발이 빠져나간 신발장은 정확히 반으로 나뉘어 한쪽은
휑했고, 한쪽은 안나가 신지 않는 신발들이 고이 들어 있
었다. 어떻게 정리하고 싶냐는 나의 말에 안나는 어차피
신는 것은 한 켤레뿐이니 나머지는 다 버리고 싶다고 했
다. 나는 창고로 쓰이는 공간에서 커다란 봉투를 가져왔
다. 소파에 앉은 안나의 곁으로 하이힐 산이 쌓였다. 나는
신발장에서 안나가 잘 보이는 곳으로 하이힐을 옮겨 오면
서 생각했다. 이렇게 많은 하이힐이 있었구나. 이 신발은
예전에 안나가 신었던 것 같기도 한데.
　안나는 쌓이고 쌓이는 하이힐을 바라보며 작게 한숨을
쉬기도 하고, 시선을 돌려 창밖을 바라보기도 했다. 그냥
한 번에 모아 버리면 그만이었지만, 안나와 나는 바쁠 것
이 전혀 없었다. 안나와 한평생을 함께 걸은 신발이니 그
냥 보내기도 아쉬웠다. 안나와 나는 하이힐을 하나하나

바라보고, 디자인을 논하고, 색상을 논하곤 봉투에 집어넣었다. 나는 주로 디자인에 관해 이야기했고, 안나는 주로 그것을 신었을 때를 회상하곤 했다. 하이힐에 얽힌 일에 관해서는 처음 듣는 것이 더 많았기 때문에 나는 잠자코 이야기를 듣기만 했다. 새로운 이야기를 듣는 것은, 언제나 신이 났다. 안나에 관련한 새로운 이야기를 들으면 안나는 정말 나와는 상관없는 삶을 살아온 사람인 것처럼 느껴졌다. 우리는 어떻게 하다가 여기서 이렇게 만나 하이힐을 논하고 있을까.

단한   이 신발은?
안나   이거는 인쟈, 그 감포 바닷가 갔을 때 신었다. 자주
　　　신었지.
단한   이 신발을 바닷가에서 신었다고?
안나   그래, 바닷가 모래사장 쫙 걸어 주면 기가 막히다카
　　　이. 이거 신고, 니 업고도 댕겼다.

  굽이 어느 정도 있는 신발이었다. 안나는 그것을 신고, 어린 나를 업은 채 모래사장을 다녔다고 했다. 왜 나는 그 기억이 없을까. 가끔은 어릴 적, 기억하고 싶은 메모리를 백업할 수 있는 능력이 있었으면 좋겠다고 생각했다. 안나와의 기억은 어릴 적에도 많은 것 같은데 모두 안개가

낀 것처럼 뿌옇기만 했다. 기억하는 사람은 안나밖에 없었고, 이제는 세월이 너무 흘러 안나도 그 모든 기억을 희미하게 기억하고 있었다.

빨간 하이힐이 나왔다. 빨간색보단 자주색에 더 어울리는 색이었다. 여태 본 것 중에 굽이 제일 높았다. 화려한 무늬는 발등이 훤히 보이게 만든 디자인 주변으로 구불구불 그려져 있었다. 신발장에서 하이힐을 가져왔을 때도 제일 눈에 띄던 것이었다. 안나는 대체 이것을 언제 어디에서 신고 뽐냈을까.

안나 이건 아직 한 번도 신은 적이 없다.
단한 한 번도 신은 적이 없다고?
안나 이거 사고 나서, 뭐 좀 있다가 아파뿌려가지고.
단한 ······.
안나 그래서 이거 보면 참 아쉽고 그렇다카이, 한 번을 못
      신었어. 니 신을래?
단한 나는 하이힐 안 신는다.
안나 와. 얼마나 편한데.
단한 하이힐이 편하다고? 할머니 진짜 대단하다.
안나 니 나이 때는 내 이거 신고 뛰어 다녔다.

안나가 잠시 서른으로 돌아간 것처럼 느껴졌다. 안나는

소파에 앉은 채로 팔을 휘둘렀다. 마치 달리는 것처럼 앞뒤로. 버스를 놓치는 법이 없었다고 했다. 하이힐을 신고도 아주 잘 달렸다고 했다. 나는 안나가 하이힐을 신고 골목을 달리는 모습을 생각했다. 빵실한 머리 스타일에 아래위로 맞춘 깔끔한 정장 스타일 그리고 하이힐. 머리를 휘날리며 달리는 모습. 생각만 해도 멋졌다. 안나는 충분히 멋있을 사람이었다.

안나가 하이힐을 물끄러미 바라보길래 대뜸 질문을 던졌다. 어떤 말은 아예 실현 가능성이 없기에 무심히 툭 던질 수 있다. 안나와 나 사이에는 그렇게 툭 던질 수 있는 몇 가지가 있었다. 건강에 관한 이야기였다.

단한 건강해지면, 그러니까 정말 순식간에 아무 일도 없었다는 듯이 몸에 있던 모든 것들이 다 빠져나가서 말끔해지고, 다시는 암이 범접할 수 없는 몸이 되고, 굳어 있는 왼쪽이 제자리로 돌아온다면, 무엇을 제일 먼저 하고 싶어?

안나는 고민했다. 잠시 고민하며 행복한 표정을 지었다. 그리고 말했다. 눈을 반짝이며.

안나 그라믄, 나는 이거 신고 여기 산을 뛰어 오를란다.

단한 하이힐을 신고 산을 뛰어 오를 거라고?

안나의 표정에는 진심이 담겨 있다. 금세 정상에 오른 숨이 찬 표정을 짓고 있다. 볼이 발그레한 느낌이 든다. 나는 한참동안 안나를 바라본다. 안나는 하이힐을 바라본다. 그러다 아주 담담하게 말한다.

안나 버려뿌라, 뭐 그리 이쁘게 담노. 다 안 신을 낀데. 말
     라꼬. 팍팍 담아서 빨리 버리라. 속 시끄럽다.

나는 안나의 분부대로 손을 조금 더 빨리 움직여 가지각색의 하이힐을 검은 봉투 안에 넣었다. 손에 닿는 하이힐이 빛을 받아 반짝일 때마다 나는 그것을 신고 뛰는 안나를 상상했다. 안나도 건너편 창으로 보이는 작은 숲을 바라보고 있었다. 속이 시끄럽다고 표현했으니, 아마 안나의 마음 안에서도 하이힐을 신은 작은 안나가 뛰어다니고 있을 터였다. 안나는 오랫동안 숲을 바라봤다. 금방이라도 뛰어나갈 사람처럼.

어젯밤에 꾼
개꿈도 꿈이니

　나에게 커서 뭐가 되고 싶냐, 혹은 어떤 꿈을 가지고 있
냐고 묻지 않는 사람은 안나가 유일했다. 안나는 나의 앞
길을 궁금해하지 않았다. 안나는 그저 내가 뭐가 됐든 성
공할 것이라고 했다. 하고 싶은 것을 하면 된다고, 하고 싶
은 것이 없다면 하고 싶은 것이 생길 때까지 잠자코 기다
리란 말도 덧붙였다. 잠자코 기다리거나, 느긋하게 무언
가를 한다는 것은 나에게 있어서, 아니 나의 친구들만 보
아도, 아니, 조금 더 넓혀 우리 세대만 보아도 익숙하지 않
은 어휘였기에 나는 안나가 가끔 답답했다.

단한　할무이, 요즘에는 빨리 빨리 안 하면 다 잃어.
안나　뭐를 잃는데?
단한　꿈도 잃고, 일자리도 잃고. 기회도 잃고.
안나　꿈, 한 번 잃으면 끝나나?
단한　그건 아니지만…….

안나   그래 아이지, 그거는 아이지.

　안나는 목표와 꿈에 관해 이야기했다. 안나는 그 두 가지가 엄연히 다른 것이라고 했다. 물론 이야기를 시작할 때, 여느 때처럼 자신은 무식한 사람이니 지금부터 자신이 하는 말은 다 흘려들으란 충고를 덧붙였다. 안나가 그런 충고를 하면 나는 더더욱 귀를 기울인다. 한 마디도 놓치지 않으려 애쓴다. 안나는 말을 고르지 않고 바로 뱉어낸다.

안나   꿈을 다른 거랑 묶는 것은 말도 안 되는 일이다. 꿈은 꿈이야. 꿈은 꿈일 뿐이다, 이 말이다. 꿈은 그 어떤 것과도 안 묶인다. 알았나? 행복이랑도 안 묶인다, 따로 뚝 있는 거여.
단한   아이지. 꿈이 이루어지면 행복하잖아. 행복하려고 꿈 이루는 거고, 또 내가 뭐 하고 싶다, 이렇게 생각했던 그 꿈이 이루어지면 돈도 많이 벌고.
안나   내가 뭐 하고 싶다, 하는 게 왜 꼭 돈이랑 붙어야 하는데?
단한   어?
안나   니 내랑 이렇게 마주 보고 있으면 돈 나오나?
단한   안 나오지.

안나 그래, 안 나오지. 나는 니랑 이렇게 얼굴 마주 보고
    있는 것도 꿈 같고 너무 좋은데. 맨날 이리 얼굴 보고
    이야기했으면 좋겠다고 생각하는데, 그기 내 꿈인데.
    돈은 안 나오잖아.

  나는 말문이 턱 막혔다. 여태 꿈과 목표를 동일시 해왔
던 나에게 안나의 생각은 새로운 무엇이었다. 안나는 꿈
은 꿈이라고 했다. 행복한 꿈, 좋은 꿈, 언제든지 말할 수
있는 꿈. 나 지금 국수가 먹고 싶어, 이것도 꿈. 단한이랑
얼굴 마주 보고 이야기하고 싶다, 이것도 꿈. 정말 얼굴을
마주하고 이야기하게 되었으면 꿈을 이룬 것. 안나에게
있어 꿈은 아주 단순하고도 이루기 쉬운 것이었다.
  반면에 나는 꿈을 어렵게만 생각했다. 도달하지 못할 어
떤 목표, 이루기 위해서 수많은 것을 해야만 하는 것, 그러
면서 내가 다칠 수도 있는 것. 어려운 것. 무서운 것. 너무
나 큰 것. 그래서 깔려 죽을 수도 있는 것. 그러면서도 포
기하지 못하는 것, 생애 전반에 있어서 나를 사로잡는 것.
나는 꿈을 그렇게 생각했다. 나는 그때 당시 내가 이루고
싶은 다양한 꿈을 향해 내달리고 있었다. 아니; 달리고 있
었다고 생각했다. 함께 달리는 모두가 나를 밀치고 넘어
지게 만들고, 그래서 흙바닥을 구르는 동안에도 나는 꿈과
가까워지고 있다고 생각했다. 꿈을 이루지 못하면 도태되

는 것이고, 친구들의 얼굴을 보기가 민망해지고, 나 자신의 위신이 떨어지는 것이 아닐까 생각했다. 나의 말을 듣고선 안나는 혀를 찼다.

안나 나도 늘 꿈이 있었다.
단한 무슨 꿈.
안나 니랑은 좀 달랐다.
단한 뭔데.
안나 나는 우리 가족이 건강한 거, 니랑 내랑 계속 전화하면 좋겠는 거 그게 꿈이었다.
단한 그게 무슨 꿈이고…….
안나 꿈이지. 물론, 건강하려면 좋은 거 먹어야 하고 어쩌고저쩌고 뭐 따라붙는 기 많지. 근데, 그게 나를 죽이진 않는단 말이다. 요즘에는, 요즘에 니 같은 사람들은 전부 꿈을 향해서 간답시고 서로 얼굴도 안 보고 쌩 가뿌제. 옆에 누가 넘어져도 일으켜 주지도 않고 그냥 가뿌고. 그라믄 안 돼. 나 좋으라고 하는 거면 나부터 좋아야지, 나부터 단단해져야지. 왜 자기 갉아먹는 걸 꿈이랍시고 안고 있느냐 이거야.

안나는 어젯밤에 꾼 개꿈도 꿈이라고 했다. 꿈이라고 가져다가 붙이면 무엇이든 꿈이 될 수 있다고 했다. 단, 너무

거창하지 말 것. 꿈의 앞에는 항상 내가 서 있을 것을 당부했다. 그러면서 또 웃는다. 웃으면서 말한다. 무식한 사람 말 너무 믿지 말라고, 살다 보니 자연히 알게 된 것을 말하는 것뿐이라고, 입이 방정이라고. 나는 안나의 멋진 입에 아주 잘게 자른 사과 한 조각을 내민다.

다시 아무 일도 없었다는 듯, 안나는 다른 곳에 시선을 둔다. 나는 안나가 한 말을 다시 곱씹는다. 멋진 말이다. 꿈의 앞에는 내가 서 있어야 한다는 말. 나는 커다랗고 묵직하게 서서 나의 앞길과 나의 숨통을 막고 있는 꿈의 옆으로 비집고 들어간다. 꿈의 앞에 서니 드디어 뭔가가 좀 보이는 것 같았다. 나는 생각했다. 안나는 절대 무식한 사람이 아니라고. 나에게 있어서 안나는 척척박사였다.

안나에겐 지우개가
필요하지 않았다

○

    고요한 날이었다. 밖은 스산한 바람이 불어 심란한 모습을 보였지만, 안나와 내가 있는 곳은 아늑했다. 아늑하고 따뜻했다. 안나가 지칠 때까지 이야기를 나누고 방송을 보고 무언가를 먹고 추억을 곱씹으며 시간을 보내는 일은 즐거웠다. 딱히 해야 하는 일은 없었다. 우리는 그저 시간을 함께 보내는 것이 의미를 두고 있었고, 그것은, 절대 어려운 일이 아니었다.

    많은 이야기를 나눴다. 대부분은 했던 이야기가 반복되곤 했다. 그래도 상관없었다. 했던 이야기를 또 하는 것도 우리의 일상에 포함되어 있었기에. 나는 주로 안나의 이야기에 추임새를 넣거나 정말 몰랐던 이야기라면 평소보다 더 놀라고, 들었던 이야기라면 평소보다 조금 덜 놀라는 표정을 지었다. 가끔은 안나보다 내가 더 많은 이야기를 했다. 안나는 내가 무슨 이야기를 하든 간에, 나를 빤히 바라보며 잠자코 집중해 주었다.

안나 우째 이래 쫑알쫑알 말을 잘 할꼬, 누구 닮아가 이렇노?

단한 몰라. 엄마나 아빠 둘 중에 한 명 닮았겠지. 엄마는 할머니 피를 받았으니, 나는 할머니도 좀 닮았겠고. 맞다, 내가 할머니 닮아가 이렇다!

안나는 내가 '할머니 닮아서 이렇다.'라고 말하는 것을 좋아했다. 그것이 어떤 뜻을 담고 있건(나쁜 뜻이 담긴 적은 한 번도 없었다.) 안나는 그저 행복한 표정을 지었다.

함께 있는 동안에는 되도록 많은 것을 하려고 했다. 많은 것이라고 말하면 정말 대단한 것들을 한 것처럼 보이겠지만, 사실은 집에서 꼼짝도 하지 않은 채, 그러면서도 할 수 있는 것을 찾아서 하는 것이 전부였다. 사실, 안나에게는 볼펜만 있으면 되었다. 나도 쓰는 것을 좋아하는 편이었기에, 우린 가끔 나란히 앉아서 글을 쓰거나 그림을 그리곤 했다. 그러면 시간이 빨리 지나갔다. 안나는 바닥에 앉는 자세가 힘들어 소파에 앉은 채로 낮은 탁자 가까이 구부정하게 몸을 숙여 무언가를 적거나 그렸다. 나는 바닥에 앉아 조금 높은 탁자 위에 턱을 올린 채 무언가를 적거나 그렸다. 그 순간에는 모든 것이 조용했다. 모든 소음이 사라져 귀에서 얕은 이명이 들릴 정도였다.

안나 아무거나 써쀼면 되잖아, 그체.

단한 당연하지.

안나 근데 내가 이래 쓰면 누가 보기나 하겠나.

단한 내가 보잖아.

안나 재미없을 낀데, 내 이야기 쓰는 것도 그렇다. 재미있을 것이 하나도 없다.

단한 왜 그렇게 생각해? 나는 할머니 이야기가 제일 재미있고 좋은데.

안나 아이다. 니도 하도 많이 들어가 이젠 재미없을 끼다.

단한 에이, 안 그렇다. 나는 할머니랑 나눴던 얘기들 다 재미있다. 책으로도 만들어서 할머니한테 선물해 줄 거다. 좀만 기다려 봐.

안나 흐미, 남사시럽다야. 뭐가 그래 턱별(특별)하다고. 사람들 사는 거 다 똑같은데.

단한 특별하지, 우리 안나 할무이.

안나 나는 나이롱 시한부입니더 카면 되나. 근데 아직까정 안 죽었슴다, 그래서 이야기할 것이 없습니더, 칼까. 슬프게 콱 죽으면 모를까. 그라믄 좀 재미있을라나?

단한 또 그런다, 또!

안나 알았다, 알았다. 화내지 마소.

  안나는 자신의 이야기로 책을 만든다는 사실을 굉장히 부끄러워했다. 남들 다 똑같이 사는데, 자기가 뭐 특별하다고 책이 나오냐는 식이었다. 그때 당시, 나는 실제로 할머니를 위한 1인 독립출판을 구상하고 있었다. 할머니의 이름이 들어간 책을 선물해 드리고 싶었다. 가시기 전에. 가시기 전에 꼭 그렇게 해 드리고 싶었다. 자신의 이야기로 글을 쓰면 책 한 장도 제대로 쓰이지 않을 거라던 안나의 말과는 달리 나는 대화만 적어도 이렇게 문장이 넘쳐난다. 안나가 이 사실을 알면 얼마나 놀랄까.

30분이 훌쩍 지나도 자리를 뜨는 사람이 없었다. 서로에 관한 글을 쓰거나, 서로에게 보여 주기 위한, 글이나 그림을 만드는 것이 아니었다. 그저, 지금 쓰고 싶은 것에 대한 어떤 것을 손이 가는 만큼 쓰고 그리는 중이었다. 우리는 자주 이렇게 시간을 보내곤 했다. 이러면 시간이 참 잘 흘렀다.

나는 간혹, 안나가 무엇을 그리고 있는지 혹은 무엇을 쓰고 있는지 궁금하여 곁눈질하곤 했다. 안나는 집중하느라 내가 곁눈질을 한다는 사실도 눈치채지 못했다. 끝에는 항상 서로에게 자신의 작품을 보여 주곤 했으니 숨길 내용은 전혀 없었지만 그래도 안나의 집중을 깨고 싶지는 않았기에 슬쩍 훔쳐보기만 했다.

안나의 표정은 고요한 집과 닮아있다. 집중한 표정은 무엇을 내밀어도 본인의 것을 절대 내어주지 않을 어느 영화 속 캐릭터처럼 강단 있어 보이기까지 한다. 관절이 툭

툭 불거진 손으로 억지로 펜을 감싼 손에는 힘이 잔뜩 들어갔다. 안나가 힘주어 누른 탓에 종이에 번지는 잉크와 검버섯이 핀 안나의 손등이 닮았다. 안나는 열심히 무엇을 그리다가도 잠시 멈추어 생각한다. 그리곤, 다시 망설이지 않고 선을 긋는다. 펜과 종이를 맞닿게 하는 속도가 빠르다. 안나는 거침없이 쓰고, 그리고 있다.

안나는 무엇을 쓰다가 마음에 들지 않으면 지우개나 수정 테이프를 사용하지 않고 바로 선을 그어 그것을 무시했다. 안나가 선을 그으면, 그것은 곧바로 없던 것이 되곤 했다. 과감한 안나의 행동은 보고 있는 사람까지 덩달아 기분이 후련해지게 만드는 마법 같은 분위기를 담고 있었다. 정말이지, 안나는 무언가를 지우는 것에 거리낌이 없었다.

나는 내가 들고 있는 것을 바라봤다. 안나처럼 펜이 아니라 연필이다. 이것부터가 과감하지 못한 것 같다. 내 주위에만 후회, 어떠한 미련처럼 지우개 가루가 후두둑 떨어져 있다. 나는 아직 몇 자 쓰거나 어떠한 것을 그리지도 못했다. 쓰다가 다시 지우고, 쓰다가 이건 아닌 것 같고, 쓰다가 이건 좀 읽는 사람이 그럴 것 같아서, 쓰다가 이것도 좀 그럴 것 같아서 망설인 것들만 잔뜩이다. 그렇게 지우기만 하니 나중에는 뭘 쓰려고 했는지도 기억나지 않는다. 나는 다시 안나를 바라본다. 한 장의 종이로도 모자라 더 많은 종이를 끌어와선 여러 가지의 생각과 떠오르는 발상을 마구 채워 넣는 안나를 본다. 집안의 모든 것들이 숨죽여 안나를 바라보는 느낌이 들었다. 집 안에선 안나의 펜이 종이를 깨우는 소리밖에 들리지 않았다. 당차고, 바쁜 소리였다.

단한 할머니, 지금 뭐 그리고 있어?
안나 그냥 생각나는 거, 머릿속에 있는 거 다 끄잡아내고 있지.
단한 뭐라고 적었는지 안 알려 줄 거가.
안나 알려 줄 수 있지, 이거는 ('짱즈'을 가리키며) 짜증. 머릿속에 지금 짜증이 막 가득가득이거든. 왜 글씨가 이 모양 이 꼴이고 싶은가. 아무튼 그리고 이거는 또 뭐라고 썼노. 내가 쓰고도 모르겠다. 아무튼 뭐 쓸 때 기분 좋으면 그마이지. 몰라!

안나는 발음 그대로를 옮겨 적는다. 예를 들면, 할머니라는 단어는 할먼이로 쓴다. 단어나 문장이 발음되는 그대로를 적기 때문에 맞춤법이 많이 틀릴 수밖에 없다. 하지만, 나는 안나의 문장과 단어를 틀렸다고 말하지 않는다. 어차피 발음하면 다 맞는 말이었다. 따로 가르쳐 주지 않았는데도 그렇게 쓰는 것이니 안나는 아주 대단한 학생에 속했다. 안나는 천재였다. 나는 자신의 이름만 가르쳐 주면 되니 다른 글씨는 틀리든 말든 상관하지 말란 안나의 말을 철저히 지키고 있었다. 안나는 자신의 이름은 기가 막히게 잘 썼고, 다른 모든 문장은 발음되는 그대로 적었다. 그래도 무슨 말인지 쉽게 알아볼 수 있었다. 가끔은 어려웠고.

안나는 오랫동안 자신이 맞다고 생각해 온 것들을 고수했다. 자신이 쓰는 것에 관해서도 대단한 자신감이 있었다. 그런데 가끔은 그게 아닌 것처럼 보일 때가 있나 보다. 안나는 자신이 잘못 적은 것은 과감하게 지운다. 잘못 생각한 것도 과감하게 줄을 긋는다. 엑스표를 쓰거나, 요란하게 지우지 않는다. 단 한 줄이면 끝이다. 간단하다. 한 줄이면 간단하게 사라진다.

실수를 두려워하며, 뒤로 물러날 곳을 먼저 확보해 놓고 일을 벌이는 나로서는 오늘 안나의 과감함에 꽤 큰 영감을 받았다. 대담한 안나의 행동은 속을 시원하게 만드는 것이 있었다.

단한   시원하게 잘 긋네.

안나   그럼. 아니다 싶은 건 바로 쳐내야지.

단한   그렇게 하면 쳐내지나?

안나   내가 쳐냈다고 생각하면 쳐내지지. 내처럼 이래 밑줄
         긋는 사람도 있고, 니처럼 지우는 사람도 있고. 방법

은 각자 다르지. 어떻게든 자국은 남게 마련이고.

단한 맞다. 자국은 남지.

안나 그러이. 우야겠노. 자꾸 지우려고 빡빡 문대면 찢어
    진다. 살살 달래서 지우던지 그게 아니면 새로 쓰는
    수밖에 없다.

  안나는 다시 동그라미를 그린다. 아, 자세히 보니 동그
라미가 아니라 'ㅇ'인 것 같다. 아니다, 다른 무언가인 것
같다. 무엇이든 상관없다. 안나는 다시 무언가를 그린다.
줄을 그어 놓은 바로 옆에 그리기 때문에 그것은 하나의
어떤 문양처럼 보이기도 한다. 안나는 어떤 마음으로 그
림을 그리고 있을까.

  마음. 마음이라. 문득, 안나의 말에 '마음'을 대입해 보면
어떨까 싶었다. 내가 지울 수 없는 많은 일들, 지워도 자꾸
만 자국이 남는 일들, 계속해서 억지로 지우려 들다가는
찢어지는 마음. 살살 달래서 지우든지, 아니면 마음의 새
살이 돋아날 때까지 기다리는 수밖에.

  안나는 계속해서 무언가를 썼다가 지웠다. 썼다가 지우
는 모든 행위에는 망설임이 끼어들 틈이 없었다. 안나는
자신이 지워야 할 것을 잘 알았다. 지워야 할 것은 과감히
지우고, 새로운 것을 금방 쓰는 힘이 있었다. 힘에 부쳐 펜
을 몇 번 놓칠지라도.

○　　　　　　　　신이 미워 죽겠으니
　　　　　　　　　가서 전해 달라고 했다

　불면증에 시달리고 있는 나는 또 제때 잠을 자지 못했다. 제때 잠을 자려면 어떻게 해야 하는지 제때 자는 것이란 무엇인지 도무지 알 수 없었다. 오랫동안 불면증과 함께 새벽을 보낸 나는 아침이 되면 모든 것이 궁금한 사람이 됐다. 자정부터 어두운 새벽, 동이 터오는 내내 고개를 내미는 수많은 물음표를 끌어안고 눈을 끔뻑인 탓이다. 자꾸 내가 ~할 수 있지 않을까, ~할 수 있었지 않았을까 고민하느라 잠은 더 멀어져 갔다. ~한 나에게 ~하지 않았으면 좀 더 나은 사람이 됐을까. 안나는 나에게 똥 같은 일이든 뭐 같은 일이든 다 쌓여서 지금의 내가 된 것이라며 늘 감사해야 한다던데. 내가 생각했을 땐 큼지막한 거 몇 개 정도는 빼고 자잘한 것은 버려도 되지 않나 싶다. 아니다, 그럼 젠가처럼 와르르 무너지려나. 정말 새벽마다 나를 괴롭히는 다양한 물음들이 앞으로 나에게 필요한 슬픔이자 아픔이자 서글픔이자 좌절의 선생님인 걸까.

나는 잠을 자지도 않았으면서 깨고 싶지 않다고 생각한다. 나는 그대로 안나에게 전화를 걸었다. 이제 막 동이 틀 때라 아직 자고 있을 것이라 생각했는데, 안나는 흔쾌히 전화를 받았다.

안나　아침부터 무슨 일이고.
단한　아침 기도 하고 있었나.
안나　응.
단한　나는 신이 미워 죽겠는데, 할머니는 밉지도 않나. 왜 계속 기도하노.

　나는 대뜸 안나에게 신이 미워 죽겠다고 말한다. 오랫동안 성당을 다니며 우리 가족과 나와 본인을 위해 기도한 그리고 또 누군가를 위해 기도한 안나에게 나는 지금 신이 미워 죽겠다고 말하고 있는 것이었다. 안나는 한동안 말이 없다. 아침 기도를 하던 중간에 울리던 전화를 받았는데, 그러니까 방금까지만 해도 신에게 기도를 올리고 있었는데. 당돌한 손녀의 말에 어떻게 대답할까 고민하던 안나가 말했다.

안나　그럴 수도 있지.
단한　그럴 수도 있다고?

안나   그럴 수도 있지. 사람들은 저마다 미워하잖아. 예수
       님도 원래 목수의 아들…….
단한   됐고, 됐고.

   나는 아침부터 설교를 듣고 싶지 않았으므로 잠시 눈을
질끈 감았다가 떴다. 안나는 나의 말에 어떠한 대꾸도 하
지 않는다. 그저 나를 기다리는 것이다. 아침에 눈을 떠서
부터 전화가 와서는 대뜸 신이 미워 죽겠다고 말하는 손녀
를 안나는 대체 어떻게 받아들이고 있을까.
   나는 요즘 부쩍 그런 이야기를 많이 했다. 안나에게 신
이 밉다고 말한다든가, 가서 할아버지 만나고 재미있게
노느라 내 꿈에 나오지 않으면 삐질 거라는 말이라든가,
하루에도 몇 번씩 기분이 좋았다가 슬퍼지는 일을 반복했
다. 나를 차분하게 만들어 주는 무언가를 하지 않으면 한
번씩 큰 탈이 났다. 앓고, 울고, 힘들어했다. 매번 그런 일
의 반복이었다. 안나는 내가 왜 그러는지 잘 알고 있었다.
잘 알고 있었기에 더 담담하게 이야기하곤 했다. 그래서,
나는 더더욱 안나에게 편안히 이야기를 할 수 있었다.

단한   신이 미워 죽겠으니까 만나면 딱 전해!
안나   뭐라고 전할꼬. 아니, 그전에 내가 천국에나 갈 수 있
       을랑가.

단한 당연히 갈 수 있지! 할머니를 천국에 보내 주지 않으
면 신도 아니지!

안나 든든하네. 그래가, 뭐라고 전해 주꼬.

단한 나도 내 남은 생을 다 살고 가면 딱 만나러 가서 따질
테니 그때까지 발발 떨고 있으라고 전해!

안나는 한동안 웃는다. 웃느라 말을 잇지 못한다. 나는
진심인데, 뭐가 그렇게 웃길까. 안나가 다시 말을 이었다.

안나 신이 뭘 그렇게 잘못했는데.

단한 아직 더 건강하게 살 수 있는데, 할머니는 더 건강해
야만 하는데 아프게 만들고 일찍 데려가잖아.

안나 일찍도 아이다, 갈 때 되니까 가는 거지.

단한 아니, 그러니까 갈 때라는 건 도대체 누가 정하는데.

안나 아무튼 그런 게 있다, 다 그런 때가 있는 거다.

단한 아직 할머니 때는 아니다. 근데 시한부니 뭐니 하면
서, 자기가 뭔데 우리 할머니 삶을 짧게 주고 말이야!

안나 알았다. 신한테 전해 줄게. 내가 신 앞에 딱 서게 되
면, 보소! 카면서 우리 손녀 왜 울리는교! 내 우리 손
녀 잘 사는 거 보고 와야 하는데 왜 이렇게 빨리 데려
왔는교! 우리 손녀가 당신 벼르고 있데이! 라고 잘 알
려 주꾸마.

단한 그래, 그럼 됐다.

나는 여기까지만 말하고 전화를 끊으려 했다. 아침부터 울기 싫었기 때문이다. 아침에 눈을 뜨자마자 안나의 안위를 궁금해하는 것은 당연하지만, 익숙해지지 않는 일이었다. 익숙해져야 하지만, 익숙해지지 않는 일이었다. 나는 온 신경이 안나에게 가 있었다. 안나와 내가 오래오래 전화로 수다를 떨 수 있길 바랐다.

나는 이 모든 말을 하지 못한 채 그저 숨을 쉭쉭 쉬었다. 안나는 아무 말이 없었다. 전화가 끊긴 건가 싶어 확인하는데 안나의 목소리가 들려왔다.

안나 밥 무러 와라. 집으로 온나.

저승 갈 때
뭘 가지고 가지?

○

    안나와 나의 뜬금없는 이야기는 주로 TV를 보고 있을 때 시작되곤 한다. 미나리 삼겹살이 맛있게 구워지는 모습을 보면 안나는 저승 가서도 저런 음식을 만날 수 있을까 궁금해한다. 난 뭐 그런 것을 다 궁금해하냐며 진저리를 치지만, 잠시 말을 하지 않을 동안에는 덩달아 궁금해한다. 아무도 답을 알려 줄 수 없는 내용이라 안나와 나의 상상력은 꼬리에 꼬리를 물고 이어진다.

안나 이승에서 인기가 많은 것은 저승에서도 인기가 많지 않을까.

단한 근데, 저승에서 삼겹살을 먹는 건 좀 상상이 안 된다.

안나 삼겹살 말고 더 맛있는 게 있을 수도 있지.

단한 그러면 그거 먹으면 되겠네.

안나 그거 아나, 이승에서 남긴 음식들 싹 다 비벼서 먹어야 하는 거.

단한 안 믿는다네. 내가 초등학교 때 그 말 한창 유행했다네.

안나 아, 그랬나? 에라이.

이런 식이었다. 어떤 이야기가 시작되면, 그 이야기는 꼬리에 꼬리를 물고 한참을 뱅뱅 돈다. 결말이 없는 이야기가 마무리될 때면 다른 이야기가 다시 꼬리를 문다. 우리는 앉은 자리에서 아주 많은 꼬리에 꼬리를 만들어 낸다. 안나가 새로운 꼬리를 꺼냈다.

안나 거기 가려면 뭘 챙겨 가야 할까.

이번 꼬리는 수많은 뜬금없는 꼬리 중에서도 제일 뜬금없었다. 안나는 이러한 질문을 아무렇지 않은 표정으로 했다. 마치 당장이라도 짐을 싸서 떠날 사람처럼 굴었다. 너무나 가볍고 밝게 이야기한 탓에 나까지 그래, 뭘 챙겨야 할까, 잠시 고민할 뻔했다. 내가 다음 꼬리를 잇지 않자 안나가 나를 바라봤다. 나는 무슨 말이라도 해야 할 것을 알지만, 지금 당장은 눈물이 튀어나올 것 같아 어떠한 말도 하지 않는다. 대신 입술을 꾹 다물고 있을 뿐이다. 미간이 살살 간지러워지면서, 입술에 갑자기 힘이 들어가는 것은 눈물이 곧 나온다는 신호다. 나는 그 신호를 받자마자 아무렇게나 말을 던졌다.

단한   거기도 분명 코로나 있을 것 같으니까, KF94 마스크
      두둑하게 챙겨.

안나는 내 말을 듣곤 소파에 깊숙이 기대며 웃는다. 한참
을 웃던 안나는 자세를 다시 바로 잡기 위해 버둥거린다.
내가 손을 뻗자 내 손을 잡은 채 겨우 일어나 앉는다. 마스
크 잘 챙겨 가야겠네. 안나는 웃는다. 그러고는 덧붙였다.

안나   전화기도 가져가야겠다.
단한   전화기는 왜?
안나   그냥, 니랑 거기서 전화는 못하더라도 전화기가 내한
      테는 중요하니까. 내가 저승에서 전화하면 니는 놀라
      서 까무러칠 거 아이가.
단한   깜짝 놀라기는 하겠지. 어쩌면 스팸이라고 생각하고
      안 받을 수도 있데이.
안나   그라이께. 어차피 전화도 모할 테고, 그냥 내 동반자
      로 같이 가는 거다. 우리가 한 이야기가 다 기억나지
      않더라도, 전화기 보면 이상하리만치 힘이 날 거 아
      니겠나. 그라믄 내가 기억이 없어도 아, 이건 내한테
      소중한 물건이구나 하겠지.

비상이다. 안나가 너무 씩씩하게 말하는 바람에 눈물이

찔끔 새어 나왔다. 나는 곧바로 고개를 정면으로 돌린다. 안나가 보고 있는 것은 나의 오른쪽 얼굴, 나는 지금 왼쪽 눈에서 눈물이 한 방울 흘렸으니 안나가 그것까지 보지는 못했을 것이다. 나는 이마를 만지는 척하며 슬쩍 눈물을 닦는다. 요즘 들어서 눈물이 더 많아졌다. 안나가 무슨 이 야기만 하면 눈물이 툭, 새어 나온다. 안나의 목소리를 가만히 듣고 있자면 오만가지 생각이 다 든다. 이제 이 목소리를 듣지 못하면 어떡하나부터 시작해서, 여러 걱정이 몰아친다. 가장 걱정이 되는 것은 그리움이다. 이제 다시는 만나지 못할 사람을 그리워한다는 것은 여간 힘든 일이 아니다. 그럼에도 불구하고, 해내야 하는 일이기도 하다. 절대 적응할 수 없는 어떤 미지의 일. 나는 그 일을 앞두고 막막하기만 하다. 아마 나는 영영 그 일을 제대로 수행하지 못할지도 모른다. 그 일을 멋지게 해내는 사람은 아마 없을 것이다. 있다고 해도 나는 그가 부럽지 않을 것 같다.

안나 아, 됐다. 귀찮다. 나는 고마 아무것도 안 가져 갈란
      다. 빈손으로 털레털레 갈란다.
단한 아까는 전화기 가져간다매.
안나 가져가면 더 슬플 것 같다.

    또 비상이다. 안나가 슬플 것 같다고 이야기하는 순간

나는 고개를 들었다. 눈물을 조금이라도 참기 위해서였다. 나는 안나의 앞에서 절대 울지 않을 것이라 다짐했다. 울더라도 티를 내지 않을 것이라 마음먹었다. 나를 위해서이기도 했고, 안나를 위해서이기도 했다. 안나는 내가 우는 모습을 꽤 귀여워해 주었지만, 좋아하지는 않았다. 다른 것으로 인하여 우는 것은 아이를 달래듯이 잘 달래 주었다. 하지만, 그 주체가 당신이 된다면 안나는 아무것도 하지 못한 채 얼어붙곤 했다. 그래서 나는 더더욱 안나를 위해 울지 않으려 애썼다. 울 날은 많이 남았으니 지금 당장 울지 않아도 된다고 생각하기도 했다. 지금은 웃기 바쁘다고, 함께 있을 땐 웃고 이야기하기 바쁘다고 생각하면 흐르려던 눈물도 분위기를 알아채고 쏙 들어가거나, 빠르게 툭 흘러 자취를 감추곤 했다.

안나는 눈이 잘 보이지 않아 항상 눈물이 그렁그렁 맺혀 있는 나의 눈을 제대로 보지 못했다. 눈을 잠시 마주쳐도 그랬다. 나는 그것이 오히려 다행이라고 생각했다. 하지만, 안나는 다른 것으로 나의 눈물을 알아차리곤 했다. 떨리는 목소리로, 숨소리로, 축축한 분위기로. 그러니 나는 더더욱 눈물을 참는 법을 제대로 연마해야 했다.

안나 니가 와 우노, 울어야 할 사람은 낸데. 니가 대신 울어 주는 기가.

안나가 장난스럽게 말했을 때, 나는 눈물을 겨우 참았다. 진짜로 눈물을 참기란 여간 힘든 일이 아니다. 꿀떡꿀떡 올라오는 무언가를 자꾸만 삼켜야 하고, 맹맹해지는 코는 제때 풀어야 하고, 흐트러진 숨을 고르는 것도 시간이 걸린다. 그래도 나는 그 일을 수행평가처럼 해냈다. 억지로, 억지로, 지금 눈물을 멈춰야 하는 이유를 하나하나 달아 가면서 멈췄다. 나는 안나가 내 앞에서 한 번쯤은 울길 바랐지만, 안나는 절대 울지 않았다. 고로, 나도 안나 앞에서 울지 않기로 했다.

내가 울면 안나가 울고 싶어지고, 안나가 울면 내가 울게 되기 때문에. 우리는 서로를 위해서 울지 않기로 했다. 이것은 암묵적인 규칙이었다. 서로를 위하는 사람들이 제일 먼저 마음이 새기는, 절대 잊지 않으려 노력하는 규칙이기도 했다.

우리는 나이롱 시한부다!

안나가 선고를 받았을 땐, 나도 덩달아 선고를 받은 기분이었다. 나도 얼마 안 있다가 생을 마감할 것 같은 느낌, 그러니까 지금부터라도 얼른 뭐라도 해서 어떤 것이든 매듭을 지어야 할 것 같은 느낌. 그러나 그러기에는 시간이 너무 짧고, 나는 무엇을 해야 할지 모르고, 해 놓은 것이라도 마무리 지으려고 하니 해 놓은 것이 아무것도 없어 결국 조급해지고, 멍해지고, 나는 한없이 바보와 같고, 초침 소리는 크게 들려오고, 불안해지기만 했던. 자책과 미움과 알 수 없는 분노와 슬픔과 막막함이 꾹꾹 뭉쳐져 비탈을 구르는 느낌이었다. 별의 별 감정이 들러붙어 그것은 자꾸만 크기를 더해 가고. 거대한 감정 덩어리가 되고. 나는 그것을 막을 힘이 없다.

안나는 아무렇지 않다고 한다. 몸도 아프지 않고, 어떠한 증세도 느껴지지 않는다고 한다. 그러니, 평소처럼 있다가 갈 때가 되어서 가면 된다고만 말한다. 미련이 없는 것처럼 말한다. 모든 것을 남은 사람에게 넘겨주고 자신은 몸만 가면 되는 것처럼 말한다. 남은 사람의 역할을 맡은 나는 그런 순간들이 언뜻언뜻 보일 때마다 다시 한번, 비탈을 구르고 거대한 감정 덩어리가 된다.

요즘의 나는 마치 어린아이가 된 것 같다. 무작정 떼를 쓰는 아이가 아니라, 이미 철이 너무 빨리 들어서 나이에 맞지 않게 이래저래 눈을 굴리며 눈치를 보는 아이가 된 느낌이다. 금방 다녀올게, 우리는 또다시 만날 수 있을 거야, 조금만 기다려, 열심히 할 일을 잘 하고 있으면 언젠가 우리는 다시 만날 수 있어, 등등의 말을 꺼내는 사람과는 다시 만날 수 없을 확률이 높다. 그것을 알면서도, 아이니까, 그 말을 온전히 믿어야 하는, 믿을 수밖에 없는 위치에 있는, 작은 손가락을 굽혀가며 날짜를 헤아리는 아이의 역할에 충실하기 위해 나는 고개를 끄덕인다. 알면서도.

딱 천 번만 더 얼굴을 마주했으면 좋겠다. 만 번도 아니고, 천 번만. 떨어져 있을 땐 지금처럼 당연히 한 시간씩 전화를 하고, 그것은 천 번에 포함되지 않아야 한다. 얼굴 보는 것만 딱 천 번이면 좋겠다. 정말 그러기만 하면 딱 좋겠다. 그러면, 하루하루마다 꽉꽉 채울 수 있을 텐데. 굳이 어디를 가지 않고도 이야기로만, 정말 서로를 향한 말과 어떠한 추억으로만 시간을 엮어 보낼 수 있을 텐데.

뭔들 안 아쉬울까. 죽음이라는 단어는 참으로 신기하다. 2개월, 3개월이라는 단어도 신기하다. 누군가는 기다리는 것, 누군가는 기다리지 않는 것. 죽음이라는 단어가 끼어들면 모든 것이 뿌옇게 변하는 느낌이다. 조급해지고, 모든 것이 새로운 의미를 갖고, 모든 감정이 날이 선 채 새겨진다. 그래서 아픈가. 그래서 아픈 것 같다. 2개월, 3개월이라는 단어도 그렇다. 최소, 최대도 그렇다. 딱 그 날짜에 맞추어서 사람이 죽거나 살 수 있는 것은 또 아니지만, 이야기를 듣고 보면 그 날짜에 얽매이게 된다. 어쩔 수 없다.

어영부영 벌써 한 달이 훨씬 넘었다. 나는 날짜를 신경 쓰지 않으려고 한다. 그럼에도 불구하고 무서운 것은 사실이다. 아는 아픔이라 더 무섭다. 이번에는 또 얼마나 슬플까, 벌써부터 가늠이 되지 않는다. 외할아버지께서 돌아가신 지 1년 반 정도가 다 되어간다. 외할아버지가 가셨을 때 나는 후회로 범벅된 눈물을 흘렸다. 조금 더 일찍, 내가 뭐라도 할 걸. 내가 뭐라도 해서, 돼서, 뭔가를 좀 보여 드릴 걸. 막연함과 막연함이 더해져 후회가 되었고, 다시는 그러지 말자. 다시는 누구도 그냥 보내지 말자, 생각했었다. 그런데 또 후회와 막연함이 밀려오려 한다.

　그러나 나는 해맑게 웃는 안나 앞에서 내가 그런 생각을 한다는 것을 들키고 싶지 않다. 그래서 나는 더 크게 웃고, 더 웃긴 장난을 친다. 나는 우습게도 안나 옆에서 자연스레 시한부가 된다. 안나와 모든 것을 같이 하고 싶다는 낭만적인 생각에서 말을 하는 것이 아니라, 저절로 그렇게 된다. 안나가 무언가를 보는 시선을 담아내려다 보니, 안나와 이야기를 하다 보니, 자연스럽게 나도 시한부가 되었다. 나는 나를 언제부턴가 나이롱 시한부라 칭했다. 그런데, 우습게도 안나는 자신이야말로 제대로 된 나이롱 시한부란다.

　안나는 가끔 자신이 아무렇지 않다며, 아픈 것도 다 거짓말 같다고 말한다. 통증이 없다고, 오늘은 피를 쏟지 않았다며 웃는다. 그러면서 말한다. 나는 나이롱 시한부다! 나이롱 시한부! 하나도 안 아픈 시한부다! 안 아프다고 생각하면 안 아프다! 나는 백 살까지 살 거다! 나는 악바리다! 지(죽음)가 이기나 내가 이기나 해 보라지! 짓궂은 목소리는 정말로 안나를 한순간에 나이롱 시한부로 만들어 버린다. 죽음을 이길 수 있는 방법이 있는지, 정말 그런 사람이 있는진 모르겠지만 자칭 '나이롱 시한부'인 안나는 그럴 수 있을 것만 같다.

안나는 몸 상태가 괜찮아져 기분이 좋아질 때면, 노래를 부른다.

꿈을 안고 왔단다 내가 왔단다
슬픔도 괴로움도
모두 모두 비켜라
안 되는 일 없단다 노력하면은
쨍하고 해 뜰 날 돌아온단다
쨍하고 해 뜰 날 돌아온단다

안나의 노랫소리는 흥겹다. 나는 이 노래를 1년 뒤에도, 2년 뒤에도 듣고 싶은데. 나는 안나에게 노래를 한 번만 더 불러달라고 말한다. 안나는 이 노래가 나에게 딱 맞다고, 나의 주제가로 정했으면 좋겠다고, 힘들 때마다 이 노래를 부르라고 말하며 한 번 더 노래를 부른다. 틀니를 뺀 입에서 바람이 슉슉 새어 나온다. 그럼에도 불구하고 안나는 언제나 가사를 또박또박 부르려 노력한다.

나는 언제까지고 이 순간을 잊지 못할 것 같다. 안나는 내가 이 노래를 기억하여 스스로 부르고 다니길 원하겠지만, 나는 조금 다르게 이 노래를 기억할 것이다. 안나의 웅얼거리던 목소리, 음정과 박자를 모두 무시한 목소리, 그럼에도 불구하고 신나는 목소리만을 오래오래 기억하리

라. 신기하게도 안나의 목소리를 들으면, 정말이지 금방이라도 쨍하고 해 뜰 날이 올 것만 같았다.

우리가 죽음과 가까이 있다는 건 부정할 수 없는 사실이다. 우리는 하루에도 몇 번씩 어떠한 죽음을 본다. 그 죽음을 보는 나조차도 죽음과 멀다고 말할 순 없겠지. 어떻게 보면 우리는 모두 시한부다. 남은 생을 어떻게 살아야 한다는 정해진 지표는 없겠지만, 우린 또 어떻게든 살아가겠지. 나 포함 이 세상의 모든 나이롱 시한부들에게, 오늘도 잘 버텼다는 말을 건네며 이 글을 마치고 싶다.

김단한